OHSAMA BUNKO

読めば読むほど面白い『古事記』75の神社と神様の物語

由良弥生

三笠書房

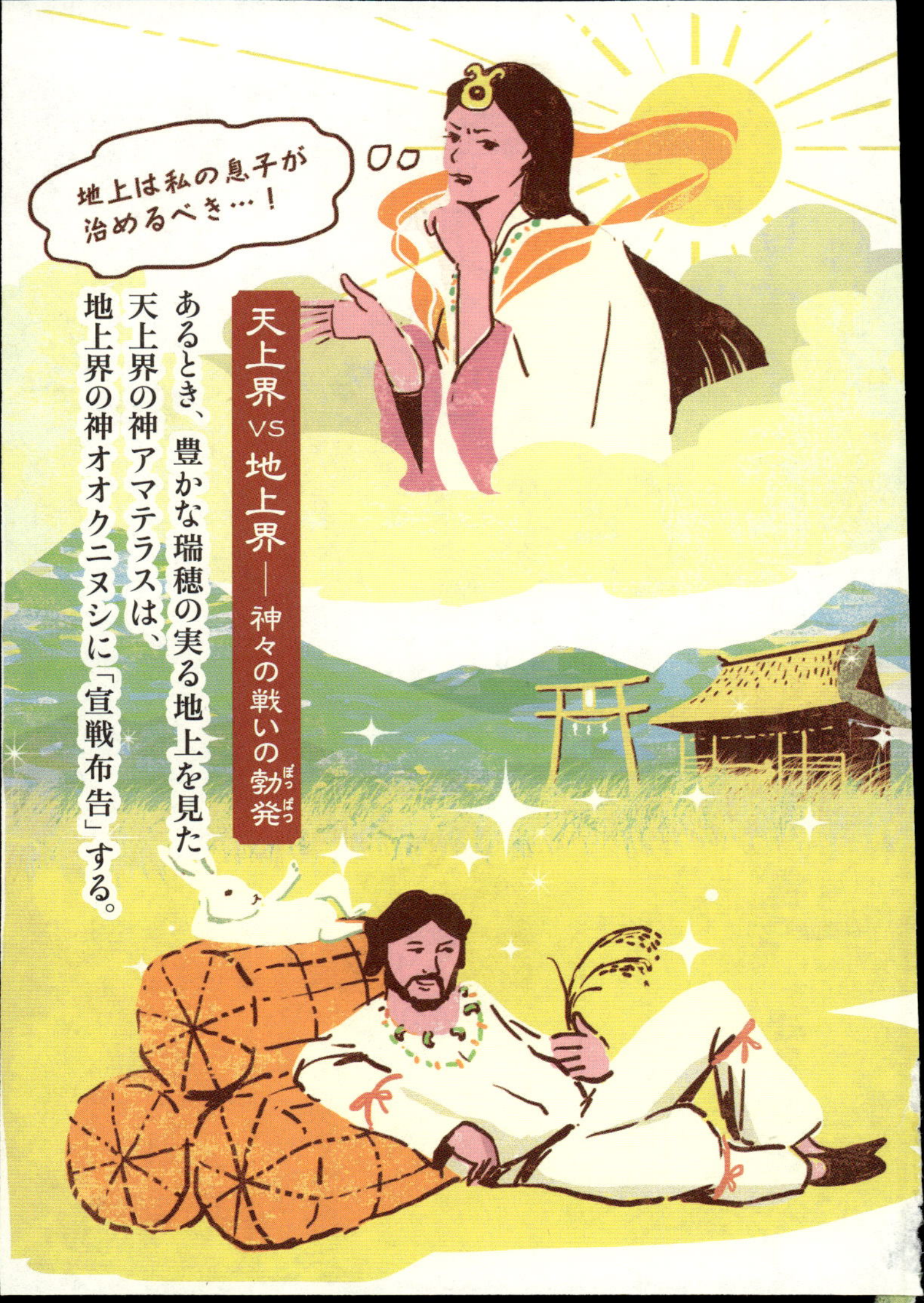

天上界VS地上界──神々の戦いの勃《ぼっ》発《ぱつ》

あるとき、豊かな瑞穂の実る地上を見た天上界の神アマテラスは、地上界の神オオクニヌシに「宣戦布告」する。

裏切り者！
天つ神たちを地上派遣
アマテラスは地上を統治しようと、
次々と使者を送りこむが、
身内の裏切りなどがあって事はうまく運ばない。

オオクニヌシ一家《いっか》の完敗

四人目の使者・勇猛なタケミカヅチが、最終的にオオクニヌシに「国譲り」を承諾させる。

出雲大社創建

「私の住まいとして壮大な宮殿をつくって祭ってほしい」

オオクニヌシが出した「国譲り」の条件。

それが、「出雲大社」なのです。

神社と
そこに住まう神々の物語の
世界へ、ようこそ――。

○はじめに

八百万《やおよろず》の神が住まう「不思議な空間」への扉が、今、開く！

日本にまだ文字のなかった大昔から、この世の成り立ちについて人から人へ口づてに伝えられていました。記憶力というのは人によって想像以上に磨けるようです。語りついで口づてに伝えることを役目とする人たちがいたのです。「語り部《かたべ》」と言われる人たちで、神話・歴史・伝承などを語り伝えていました。

『古事記』という日本最古の歴史書が成立したのは西暦七一二年です。その約四十年前に第四十代天武天皇《てんむ》（?〜686）が稗田阿礼《ひえだのあれ》という下級官人に、帝紀（天皇の系譜）・旧辞（神話・伝説など）を習い覚えるよう命じました。稗田阿礼もすぐれた記憶力の持ち主で、口づてに伝えることを仕事としていたのです。

けれども稗田阿礼の仕事は天武天皇の死去で中断されます。それを惜《お》しんだのが、女帝の第四十三代元明天皇《げんめい》（661〜721）でした。その元明天皇の命を受けて、太安万侶《おおのやすまろ》という民部省《みんぶ》の長官が稗田阿礼の暗誦《あんしょう》（そらで覚えていることを口に出してとなえること）を漢字だけで文章に綴《つづ》って記録、でき上がったのが、上・中・下の三巻から成る『古事記』なのです。

上巻（神話・伝説）には、世界の始まりと神々の誕生、そしてこの国の成り立ちと天孫降臨《てんそんこうりん》、それにウガヤフキアエズノ命《みこと》（神武《じんむ》天皇の父）の誕生までが収められています。多くの神々が登場し、物事がいつ、何から起こり、どのようにして伝えられてきたかなど、この神代《かみよ》の物語は率直、かつユニークで、次々と面白い場面が繰り広げられます。ちなみに中・下巻は歴代天皇の業績・系譜などの記事が主で、第三十三代推古《すいこ》天皇まで網羅《もうら》されています。

本書は、神代の物語の流れをわかりやすくダイジェストし、そこに登場する主立《おもだ》った神々と、その神々を祭る全国の神社を紹介しながら『古事記』を読んでいくというものです。

神社といえば、ひっそり佇《たたず》む神社もあれば、威風堂々と鎮座《ちんざ》する神社もあります。そこに共通するのは「気」というか「気配」というか、「不思議な雲気《うんき》」ではないでしょうか。

自分の力ではどうにもならない、そんなやるせない気持ちのときには手を合わせたくなります。また、通りがけにちらっと目にとまった神社にも手を合わせたりします。それは人知を超えた存在を畏《おそ》れ敬《うやま》う気持ちが心の奥底にあるからで、人は神を、漠然ながら心の止まり木にしているようです。

けれども、今そこにある神社はどういう経緯《けいい》でそこにあるのか。そこに祭られている神々はどういう履歴《りれき》なのか。そこで行なわれる祭事《さいじ》（神事《しんじ》）にどんな意味があるのか、などを考えることは少ないようです。

『古事記』に登場する日本の伝統的な神々への信仰はどのように生まれてきたのか。いにしえの霞のかなたに広がる神話・伝説の世界へ入って、はるか昔の日本人が頭の中に描いていたこの世の成り立ちと人間のあり方についての見方を知ってみてください。そこには豊かな想像力と鋭い自然観察があります。ですから読み進むうちに、柔らかい頭と心を取り戻せる――。そんな気持ちになっていただければ幸いです。

由良弥生

もくじ

第二章

1 その後のアマテラスとスサノオ

2 スサノオの気風の変質とロマン 78

第三章 オオクニヌシの「国づくり」

第四章 オオクニヌシの「国譲り」

第五章

天孫降臨と同伴の神々

第六章 山幸彦の孫たちの東征

第七章 神武天皇没後の神々

3 神功《じんぐう》皇后と怪人物タケシウチ 286

4 特別編 それでも気になる神々と神社 303

本文イラスト◎3rdeye

写真提供◎アフロ
（竹下光士／坂本照／山下茂樹／今釜勝良／スタジオサラ／矢部志朗／ミヤジシンゴ／片岡巌／角田展章／楓燿／石見一郎／田北圭一／鈴木克洋／KENJI GOSHIMA／山梨勝弘／岡本良治）

第一章

神々の誕生

1 天と地の始まり

◆1 イザナキとイザナミの誕生

西暦七一二年に成立した『古事記』によれば——。

天と地の始まりに立ち現われる最初の神は、アメノミナカヌシノ神（天之御中主神）という。この神は、みずからが中心となって全体をとりまとめる神だ。

次に立ち現われる神は、高天原《たかまのはら》（天上界）の創造神・タカミムスヒノ神（高御産巣日神）と地上界の創造神・カムムスヒノ神（神産巣日神）で、どちらも万物の生産・生成をつかさどる神だ。

四番目に立ち現われるのは、生きとし生けるものに生命を吹き込むウマシアシカビヒコヂノ神（宇麻志阿斯訶備比古遅神）という。この神は、地上がまだ水に浮かぶ脂《あぶら》のごとく海月《くらげ》のように漂っているとき、まるで水辺の葦《あし》の芽が一斉に芽吹いてくるかのように立ち現われる。

五番目に立ち現われる神は、天上界の永遠を守るというアメノトコタチノ神（天之常立神）。以上の五柱《いつはしら》の神々は「別天《ことあま》つ神《かみ》」といい、天上界にいる神の中でも「特別な神」であり、いずれも性別のない単独の神（独《ひと》り神《かみ》）であり、姿を見せない。

六番目と七番目に立ち現われる神は、葦原《あしはら》の中《なか》つ国《くに》（地上界＝日本の国土）の永遠をつかさどるというクニノトコタチノ神（国之常立神）と、大自然に命を吹き込むというトヨクモノノ神（豊雲野神）である。この二柱《ふたはしら》の神も性別のない独り神で、姿を見せない神である。

次に男女一対の神が五組、つごう十柱《とおはしら》の神々が立ち現われるのだが、最後に立ち現われる一対が、男神《おがみ》のイザナキノ神（伊邪那岐神）と女神《めがみ》のイザナミノ神（伊邪那美神）である。

天地が開けて最初に男女の営み（性行為）をするのが、このイザナキノ命《みこと》とイザナミノ命《みこと》の二人である。その結果、島々からなる日本の国土と大地を守る多くの神々が誕生する。いわゆる「国生《くにう》み」と「神生《かみう》み」である。

このイザナキ・イザナミを祭神《さいじん》とする神社は少なくないが、代表的なのは「多賀大《たがたい》社《しゃ》（滋賀県）」である。

多賀大社の名が文献に初めて登場するのは『古事記』で、国生《くにう》み・神生《かみう》みという重大な仕事をやりとげたイザナキは、「淡海《おうみ》（近江＝滋賀県）の多賀に坐《ま》すなり」、すなわち「滋賀県の多賀に隠棲《いんせい》された」という一文が記されている。

このように古くから神霊《しんれい》（イザナキの御霊《みたま》）が鎮《しず》まりとどまっている多賀大社が、全国からの崇敬を集めたのはいうまでもない。

そのイザナキとイザナミを祭神としている主な神社には「多賀大社」のほか、兵庫県の「伊弉諾神宮《いざなきじんぐう》」、埼玉県の「三峯神社《みつみねじんじゃ》」などがある。

＊

神々を呼ぶさい、普通は一柱《ひとはしら》、二柱《ふたはしら》と呼びますが、『古事記』に登場する神々はとても人間臭い存在ですので、姿を見せない神々以外は一人、二人と呼ぶことにします。

イザナキ・イザナミが最初に立ち現われたとき、『古事記』には伊邪那岐神・伊邪那美神と表記されていますが、その後は「神《かみ》」から「命《みこと》」へと変化しています。なぜなのか明らかではないのですが、天《あま》つ神《かみ》（天上界の神）の命令で何らかのことをする場合に「命」が付けられるのではないかという説があります。

「みこと」と読む「命」・「尊」は、いずれも神や貴人の名前の下につける尊称、呼び方です。

たとえば「八千《やち》矛神《ほこのかみ》の命《みこと》」（＝八千矛の神様）という使い方をします。

『古事記』では、伊邪那《いざな》岐命《きのみこと》という使い方をしていますが、「伊邪那岐神の命」が正しいのかもしれません。

『日本書紀』では「伊弉諾尊」としています。ちなみに『日本書紀』では最も貴いものに「尊」を使い、「命」はその他のものに使っていると言われます。

祭神は、その神社に祭られている神のことです。

イザナキとイザナミを祭る神社

「多《た》賀《が》大社《たいしゃ》（多賀神社）」

滋賀県犬上郡多賀町にある多賀大社は、古くから「お多賀さん」の名で親しまれている県第一の大社《たいしゃ》だ。大社は、神社を大・小（または大・中・小）に分けたうちの最高位をいう。

祭神《さいじん》は、伊邪那岐大神《いざなきのおおかみ》・伊邪那美大神《いざなみのおおかみ》と表記されているが、「大神」は神の敬称、すなわち敬意を表わす言い方であり、『古事記』に登場するイザナキノ神・イザナミノ神と同一神である。

「国生《くにう》み」「神生《かみう》み」を行なったイザナキ・イザナミの二人は、いわば「祖神《おやがみ》」といえる。だから古来、延命長寿、縁結び、また厄除《やくよ》けの神さまとしても祭られ、信仰を集めている。

イザナキは、後述する伊勢《いせ》神宮《じんぐう》の祭神、アマテラス大御神《おおみかみ》（天照大御神）の親神である。だから、「お伊勢参らばお多賀へ参れ、お伊勢お多賀の子でござる」と歌われて、古くから「親子神様詣り（親子参り）」が行なわれてきた。

多賀大社によれば、鎌倉時代から江戸時代にかけて武家や民衆の間で信仰が一気に広まった。たとえば甲斐国《かいのくに》（山梨県）の武田信玄は、二十五歳の厄年に際して黄金二枚を寄進、厄除けを祈願したという。

また、太閤秀吉は母（大政所《おおまんどころ》）の病《やまい》に際して、「三カ年、ならずんば二年、げにげにならずんば三十日にても」と延命を祈願する文を寄せて、米一万石を寄進した。幸い大政所の病は快復し、その一万石で神社の正面の太閤橋（石の反り橋）や、奥書院庭園を築造したという。この庭園は現在、国指定の名勝となっているが、近辺も彦根城や湖東三山、琵琶湖などの名所に恵まれている。

また、境内の、春のしだれ桜や、秋の奥書院の紅葉などは見応えがある。

当社は、一年を通じて祭事（神事）が多い。なかでも四月二十二日に行なわれる例祭「多賀まつり（馬《ば》頭人《とうにん》まつり・馬まつりとも）」は、イザナキが杉坂山の杉の木（神木）に降りてきて、麓《ふもと》の栗栖《くるす》村に宮を造ってしばらく休んだあと、多賀へ遷《うつ》ったという古い伝承に由来する神事である。田植えの始まりに先立って多賀大社から杉坂山の麓にある調宮《ととのみや》神社《じんじゃ》に神輿《みこし》が渡御《とぎょ》（お出まし）になる。これは鎌倉時代以来の遺《い》風《ふう》（風習・習慣）を伝え、神輿・飾り馬などの、とても豪華な行列が出る祭りとして知られている。

六月には、その年の豊作を予祝《よしゅく》し占う、御田植祭《おたうえまつ》りという神事が行なわれる。昔ながらの菅笠《すげがさ》と紅《べに》ダスキ姿の早乙女《さおとめ》七十人が、当社の神田《しんでん》で田植えを奉仕する。また、豊年満作を祈願し、御田植踊りや豊年太鼓踊り、尾張《おわり》万歳が奉納される。境内では神を元気づける行事として植木市が催され、多くの参拝客で賑《にぎ》わう。ちなみに二〇一四年は六月一日午後二時から、この神事《しんじ》が行なわれた。

また、春の「多賀まつり」に対応して、秋の十一月十五日には「大宮祭」が行なわれる。神に榊《さかき》の枝へ遷《うつ》ってもらい、栗栖《くるす》の奥宮《おくみや》（調宮《とどのみや》）へ帰ってもらうという神事である。この神事は、多賀大社を里宮《さとみや》（村里にある神社）とし、杉坂山の麓《ふもと》にある調宮神社を奥宮と考えると、「山の神は春になると山から降りて来て田の神となって恵みを与え、秋の収穫を終えると再び山へ帰り、山の神になる」という説に合うものであると言われる。

このように当社では毎月、何かしらの神事が行なわれている。それだけに参拝客も多く、年間約百七十万人以上が訪れるという。

＊

神輿《みこし》は、ご神体《しんたい》を安置して担《かつ》ぐ輿《こし》、乗り物のことです。

予祝《よしゅく》は、前もって祝うこと。

神田《しんでん》は、神社に属して、その収穫を神社の諸経費にあてるための田地のことです。

「伊弉諾神宮《いざなきじんぐう》」

兵庫県淡路市多賀にある伊弉諾神宮は、通称「いっく（一宮）さん」、あるいは「いざなぎ（伊弉諾）さん」と呼ばれて親しまれている。「国生《くにう》み」神話で知られている最古の神社と言われる。県指定天然記念物「夫婦大楠《めおとおおくすのき》」がある境内地は広大で、約四万三千平方メートルもある。

祭神《さいじん》は、伊弉諾尊《いざなきのみこと》・伊弉冉尊《いざなみのみこと》と表記されている。

前述したように『古事記』には、イザナキが「淡海《おうみ》（近江＝滋賀県）の多賀に坐《ま》すなり」という一文が記されているだけだが、『日本書紀』には、すべての仕事をやりとげたイザナキは、子のアマテラス大御神《おおみかみ》に国家の統治を委譲し、「国生み」で最初に誕生した淡路島の多賀の地に「幽宮《かくれのみや》」を構えて余生を過ごしたと記されている。幽宮とは、神霊《しんれい》が人前に示現《じげん》することなく永久に鎮《しず》まる宮のことだ。

その幽宮跡に、のち御陵《ごりょう》（お墓）を構えた、それが伊弉諾神宮の起源であるという。「国生み」の最初の島、淡路島へ帰って余生を過ごしたという伝承を色濃く反映した神事が、春の例祭で行なわれる「神幸式《しんこうしき》（じんこうしきとも）」である。ご神体《しんたい》が神輿《みこし》に乗って御旅所《おたびしょ》（祭神《さいじん》を一時安置する所）の濱神社《はまじんじゃ》へと向かう。その正面参道は例祭当日の日没の方向と重なるといい、この参道を神輿が上がって来て、到着となる。いわば還《かえ》ってきた神と、それを迎える神とが対峙する格好で、かつては伊弉諾神宮《いざなきじんぐう》の神職と濱神社の神職とが互いに反対の方向を向いて祝詞《のりと》を奏上し、その真ん中で神楽《かぐら》が舞われたという。

ちなみに「国生《くにう》み」で最初に生まれたという淡路島は、『古事記』には「淡路《あわじ》之《の》穂《ほ》之《の》狭《さ》別島《わけのしま》」と記されている。これは淡路島と、そのまたの名の「穂之狭別」とを組み合わせた名称で、「ホ」と「サ」はともに稲穂に関係があり、「サ」は生命が力強く成長していく様子を意味するという。したがって、稲穂がよく実る島、ということのようである。

*

「一宮《いっく》さん」は、「一《いち》の宮《みや》」のことで、民間でつけられた社格の一種です。由緒正しく最も信仰のあつい神社で、その国で第一位とされた神社のことです。

⛩「三峯神社《みつみねじんじゃ》」

埼玉県秩父市三峰にある三峯神社は、標高千百メートルの三峰山頂に鎮座《ちんざ》している。祭神《さいじん》は、伊弉諾尊《いざなきのみこと》・伊弉册尊《いざなみのみこと》と表記されている。

また、イザナキ・イザナミの縁故にあたる造化《ぞうか》三神《さんじん》（アメノミナカヌシノ神・タカミムスヒノ神・カムムスヒノ神）とアマテラス大御《おおみ》神《かみ》を配祀《はいし》している。造化とは、天地万物を創造する神のこと。配祀とは、神社の主祭神にそえて、その神と縁故のある神を祭ることだ。

拝殿の手前には、珍しい三《み》ツ鳥居《とりい》がある。三ツ鳥居は、鳥居の様式の一つで、三輪《みわ》鳥居《とりい》ともいう。一つの明神鳥居《みょうじんとりい》（最も普通に見られる鳥居）の両脇に、小さい二つの鳥居（＝袖鳥居）をつけた珍しい鳥居だ。三ツ鳥居は、奈良県桜井市の大神神社《おおみわじんじゃ》や愛知県名古屋市の三輪《みわ》神社《じんじゃ》、長野県長野市の美和《みわ》神社《じんじゃ》などにも見られる。

三峯神社は、鎌倉時代に修験道《しゆげんどう》の道場となり関東各地の武将の崇敬を受けるが、十四世紀半ば、足利氏を討つために挙兵して敗れた新田氏（義興《よしおき》・義宗）らが三峰山に身を潜《ひそ》めたため、足利氏により社領を奪われて衰退した。その後、修験者《しゅげんじゃ》によって再興され、江戸時代に入ると、三峯講などにより庶民の信仰を集めたという。ちなみに三峰山は、俗に「お犬の山」と呼ばれる。犬とは狼のことで、狼は農作物を鹿や猪などの害獣から守ってくれる「神獣《しんじゅう》」とされていたという。また三峰山は本来、雲取山・白岩山・妙法ヶ岳の総称である。

ところで、どうしてイザナキ・イザナミの二人が「国生《くにう》み」と「神生《かみう》み」をすることになったのだろうか。

『古事記』によれば、次のような経緯がある。

②「国生み」と「神生み」

世界の始まりのとき、最初に立ち現われた三柱《みはしら》の天《あま》つ神《かみ》（天上界にいる神）、すなわちアメノミナカヌシノ神・タカミムスヒノ神・カムムスヒノ神の造化《ぞうか》三神《さんじん》が合議した結果、イザナキノ命《みこと》とイザナミノ命《みこと》の二人に天沼《あめのぬ》矛《ぼこ》という矛《ほこ》（刺突《しとつ》用の武器）を授け、こう命じることとなった。

「海月《くらげ》のように漂える地上を固め、整えよ」

そこでイザナキ・イザナミの二人は、天と地に架けられた「天《あめ》の浮橋《うきはし》」に立ち、どろどろと漂っている地上に矛を刺し下ろし、海水をかき回して引き上げる。すると、矛の先から潮（塩）が滴《したた》り落ちて積もり、それはやがて凝《こ》り固まって「オノゴロ島（淤能碁呂島＝自凝島）」となった。

二人はこの島に降り立って、御殿を建てる。それからイザナキはイザナミにこう言う。「あなたの体はどのようにできているのですか」

イザナミはこう答える。「私の体は、成り成りて成り合わないところが一カ所あります」

するとイザナキはこう言う。「私の体には、成り成りて成り余ったところが一カ所あります」

それゆえ私のそれで、あなたの成り合わないところを塞《ふさ》いで、子（国）を生もうと思うのですが――。

こうして二人は、天地が開けて最初の、男女の営み（性行為）を行なうことになる。

その結果、イザナミが最初に生んだ子は骨のない水蛭子《ひるこ》だった。それで葦《あし》の舟に入れて海に流した。次も、できそこないの淡島《あわしま》が生まれたので、御子《みこ》の数にはいれなかった。

(どうして、こうも失敗するのだろうか……)

ついに二人はオノゴロ島を出て高天原《たかまのはら》に上《のぼ》り、天《あま》つ神《かみ》に相談する。天つ神は「太占《ふとまに》」という吉凶判断をしてこう言う。「二人が御殿で出会いの儀式をしたとき、女から先にものを言ったのがよくないのだ」

そこで二人は、出会いの儀式をやり直すことにしてオノゴロ島に帰ると——。

イザナキのほうから先に、イザナミにこう声をかける。

「ああ、なんてすばらしい乙女だろう」

「ああ、なんてすばらしい男の方でしょう」

こうして御殿の寝所にこもって夫婦の営みに精を出した結果、イザナミは立派な島々を生み出す。

まず、淡路島《あわじしま》。ここが「国生み《くにう》」の起点で、それから順に四国、三島からなる隠岐《おきの》島《しま》。筑紫島《つくししま》(九州)、壱岐島《いきのしま》、対馬《つしま》、佐渡島、最後に大倭豊秋津島《おおやまととよあきつしま》(本州)、以上の八つ。それで日本の国を大八島《おおやしま》と呼ぶことになる。

このあと、吉備児島《きびのこじま》（岡山県児島半島。古代は島）、小豆島《あずきしま》（香川県小豆島《しょうどしま》）、大島（山口県大島郡の屋代島）、姫島（大分県姫島）、知訶島《ちかのしま》（五島列島）、両児島《ふたごのしま》（五島列島の南西の男女群島《だんじょぐんとう》）の六つの島を生んだ。

島々からなる日本の国土を誕生させたイザナミは、次に大地を守る石・海・水門・山・木・野・風・穀物などの神々を生み始める。

こうして自然界は整えられていくのだが――。

③ 火の神の誕生とイザナミの死

悲劇が突然、イザナミノ命《みこと》を襲う。それはイザナミが火の神、カグツチノ神（迦具土神）を生んだときである。イザナミは女陰に大火傷《やけど》をしてしまう。

病床に臥《ふ》したイザナミは七転八倒の苦しみに耐えながら、自分の魂が宿る分身、すなわち自分の吐瀉物《としゃぶつ》や大・小便からも、地上に必要なさまざまな神たちを生み出す。

けれどもイザナミは天地が開けて最初に「死」というものを体験することになる。

女陰の大火傷が原因で亡くなり、黄泉の国《よみのくに》（夜見之国）へ去ってしまうからだ。黄泉の国は死者の行く穢《けが》らわしい暗黒の世界（＝下界）だ。

イザナキノ命《みこと》は、わが子・カグツチノ神の誕生と引き換えに妻のイザナミを失い、悲嘆の涙を流す。その結果、わが子を恨《うら》み、憎む。ついには激情にかられ、十拳剣《とつかのつるぎ》でわが子の首を斬り落としてしまう。

このとき——。

カグツチノ神は石となり、三つに裂けて飛ぶ。また、イザナキの流した涙や、十拳剣の切っ先から飛び散った血から神々が誕生し、さらにはカグツチノ神の体からもたくさんの神々が誕生する。

わが子を斬殺《ざんさつ》したイザナキは、それでも妻のイザナミを失った悲しみから解放されず、ついに死者が住むという黄泉の国へ下りて行く決意をするのである。

さて、火の神を生んで亡くなったイザナミだが、すでに紹介したようにイザナキとともに祭られていることが多いのだが、彼女を主祭神《しゆさいじん》とする神社が島根県松江市にある「揖夜神社《いやじんじや》」である。

イザナミを祭る神社

「揖夜神社《いやじんじゃ》」

島根県松江市東出雲町《いずもちょう》にある揖夜神社は、出雲地方の最古の神社といわれ、また黄泉の国の世界にゆかりのある神社として重要視されてきたという。

祭神は、伊弉冉命《いざなみのみこと》と表記されている。

当社の東方にある鬱蒼《うっそう》とした木立のなかに、黄泉の国への入り口を塞《ふさ》いだという巨岩を思わせる三つの岩が立っている。また、南東に約二キロメートル離れたところに黄泉比良坂《よもつひらさか》（黄泉の国と現世との境界にあるとされた坂）の伝承地もある。

当社では、毎年八月二十八日に「穂掛祭《ほかけまつり》」が行なわれる。前日に神職たちは中海《なかうみ》の袖師ヶ浦《そでしがうら》で禊《みそぎ》をしたあと、社務所で甘酒や焼米《やきごめ》などの神饌《しんせん》（みけとも）を作る。当日には午前中の祭礼の後、用意した神饌を境内七十五カ所に献上する。午後からは袖師ヶ浦の五百メートルほど沖合にある一ツ石まで神輿《みこし》を舟に載せて運んで行き、神饌を献上する「一ツ石神幸祭《しんこうさい》」が行なわれる。ちなみに神饌とは、神々に供える飲食物の総称で、稲・米・酒・餅・魚・鳥・果実・塩・水などである。

ところで、母神のイザナミノ命《みこと》に大火傷を負わせ、死に至らしめた火の神、カグツチノ神を祭る神社がある。代表的なのが、静岡県浜松市の秋葉《あきは》山頂にある「秋葉神社《あきはじんじゃ》」である。

火の神カグツチを祭る神社

「秋葉神社《あきはじんじゃ》」

秋葉神社は、静岡県浜松市天竜区春野町の標高八六六メートルの秋葉山の山頂にある。この神社に発する「秋葉信仰」というのは、祭神《さいじん》の迦具土神《かぐつちのかみ》を火防《ひぶせ》(＝火伏せ)の神様(防火の神＝火伏せの神)として信仰するもので、関東・中部地方を中心に各地に分布している。岐阜市あたりでは屋根神様ともいって屋上に祭ることもある。

当社では、毎年十二月十五日と十六日に火防《ひぶせ》の火祭りが行なわれている。

火の神であるカグツチノ神を祭神としている神社はほかにもたくさんある。京都市の愛宕神社《あたごじんじゃ》の若宮《わかみや》や、東京都の愛宕山頂にある愛宕神社にも、カグツチノ神は祭られている。若宮とは、本宮《もとみや》（ほんぐうとも）の祭神の子をその境内に祭る社《やしろ》のこと。愛宕神社の本宮の祭神はイザナミノ命《みこと》である。本宮は、神霊《しんれい》をほかに分けて祭ったときの、もとの神社のこと。

カグツチノ神を祭神とする秋葉・愛宕信仰の神社は全国に八百社以上あるといわれる。火防の神様として崇《あが》められ、江戸時代には「火廼要鎮《ひのようじん》」の神札《しんさつ》と樒《しきみ》の枝を受ける風習が広まっていたという。また「千日参り」といい、陰暦七月十日（現・七月三十一日）の夜から翌朝にかけて参詣すれば、千日間に相当する功徳《くどく》があるとされている。このカグツチノ神は、火をつかさどる神である「鍛冶《かぢ》の神《かみ》」としての信仰もあり、焼き物の神としての顔もある。ちなみにカグツチノ神はホムスビノ神（火産霊神＝火結神）の名で祭られていることも多いという。

さて、わが子・カグツチノ神を斬殺《ざんさつ》したイザナキノ命《みこと》だが、妻のイザナミノ命《みこと》恋しさに、とうとう黄泉《よみ》の国《くに》（死者の国）へ下りていくことになるのだが——。

2　アマテラス・ツクヨミ・スサノオ姉弟の誕生

1 イザナキの禊祓《みそぎ》

死者の国へ赴《おもむ》いたイザナキノ命《みこと》（伊邪那岐命）は、妻のイザナミノ命《みこと》（伊邪那美命）に地上へ戻ってくるよう懇願する。

けれどもイザナミはすでに死者の国の神々と共食《きょうしょく》していた。共食とは、同じ竈《かまど》の火で煮炊《にた》きした同じ食物を食べ合うことで、それは同じ仲間、すなわち死者になることを意味し、もう地上には戻れない。

とはいえ、イザナミもイザナキが恋しくてならない。

そこでイザナミは死者の国の神々に相談してくるのでここで待っていてほしいと言い、そのあいだ決して私の姿を探し求めようとしないでくれとイザナキに釘をさして死者の国の石の扉の向こうへ姿を消す。

そのイザナミの姿が再び現われるのをイザナキは待って、待って、待ち続ける。

だが、イザナミは現われない。

イザナキはとうとう約束を破って石の扉の奥へ入って行き、イザナミの姿を探し求め、その姿を見てしまう。

（むむ……なんてひどい姿なのだ……ッ）

イザナミは腐りはてて変貌していた。その醜い姿に耐えられず、イザナキは死者の国を逃げ出してしまう。約束が破られ、醜い姿を見られてしまったイザナミは激怒し、すぐに追っ手をかける。みずからも追いかけ、黄泉比良坂《よもつひらさか》の地上への上り口でイザナキに追いつき、言い争いになる。ついにイザナキは「これを限りに夫婦の契《ちぎ》りを解くッ」と宣言し、イザナミと訣別《けつべつ》して地上に逃げ帰ってくる。

地上に戻ったイザナキは、死者の国に赴《おもむ》いたせいで自分の体も穢《けが》れてしまったと、太陽の美しい日向国《ひゅうがのくに》（宮崎県）に向かい、大河の河口で禊祓《みそぎ》をする。

このときイザナキは身に着けていたものすべてを脱ぎ捨てる。脱ぎ捨てるたびに、神々が誕生する。それから河口の流れに裸身を沈めて体の汚れを流すと、このときもたくさんの神が生まれる。最後に、水から上がって目と鼻を洗うと、左の目からアマテラス大御神《おおみかみ》（天照大御神）が、右の目からツクヨミノ命《みこと》（月読命）が、そして鼻を洗うとスサノオノ命《みこと》（須佐之男命）が生まれる。

イザナキは歓喜の雄叫《おたけ》びを上げ、

「私はたくさんの神々を生んだが、その最後に三人の貴い子を得ることができた」

と言い、それぞれに使命を与える。アマテラスには「昼の世界」を、ツクヨミには「夜の世界」を、スサノオには「海原《うなばら》（海の国）」を治めるよう命じる。

こうしてイザナキは「大業《たいぎょう》」をし遂げるのである。

＊

アマテラスは太陽の神で、女神《めがみ》。ツクヨミは月の神で、男神《おがみ》（女神という説もある）。スサノオは荒々しい性格の神で、男神です。

イザナキは男神なのに次々と御子《みこ》（神）を生んでいますが、これは黄泉《よみ》の国《くに》（死者の国）という異界に行って戻ってきたことで、両性具有の能力を身につけたからだという説があります。

＊

さて、「昼の世界」の統治を命じられたアマテラスを祭る神社を神明神社《しんめいじんじゃ》といい、それは全国各地にある。その総本社は三重県の伊勢神宮の内宮《ないくう》（皇大神宮《こうたいじんぐう》）である。内宮は三種の神器のうちの一つ、八咫鏡《やたのかがみ》を神体として安置している。伊勢神宮の正式名称は「神宮」で、神宮といえば伊勢の神宮のことなのである。

アマテラスを祭る神社

「伊勢神宮《いせじんぐう》」

この名前を知らない日本人はいないだろう。皇室の宗廟《そうびょう》である。宗廟とは、祖先の霊を祭った建物のこと。御霊屋《みたまや》（おたまやとも）とも言う。ちなみに日本で宗廟と言えば、この伊勢神宮と石清水八幡宮《いわしみずはちまんぐう》（京都府八幡市）の二カ所を言い、両宮を併称して二所宗廟と言う。

当神宮においては通常、祭神《さいじん》のアマテラスを天照皇大神《あまてらすすめおおかみ》、あるいは皇大御神《すめおおみかみ》と言い、神職が神前にて名を唱えるときは天照坐皇大御神《あまてらしますすめおおみかみ》と言うそうだ。

伊勢神宮は三重県伊勢市にあって、内宮《ないくう》（皇大神宮《こうたいじんぐう》）と外宮《げくう》（豊受大神宮《とようけだいじんぐう》）からなる。

内宮は、五十鈴川《いすずがわ》上流の右岸、神路山《かみじやま》の麓《ふもと》に鎮座《ちんざ》し、五十鈴宮《いすずのみや》ともいう。ここに皇室の祖神《おやがみ》としてアマテラス大御神《おおみかみ》が祭られている。

外宮は、高倉山の麓に鎮座し、ここにはトヨウケノ大神《おおかみ》（豊受大神）、別名トヨウケビメノ神（豊宇気毘売神）が祭られている。神名の「ウケ」は食物のことで、トヨウケビメは食物・穀物をつかさどる女神《めがみ》である。彼女はイザナミノ命《みこと》の尿から生まれたワクムスビノ神（和久産巣日神）の子であり、イザナキノ命《みこと》の孫にあたる。

内宮は国家の理念を示す皇祖神《こうそしん》として、外宮は国力を支える産土神《うぶすながみ》（土地を守護する神）として、国の経営に不可欠な社《やしろ》とされてきた。

この内外両宮には多くの神社群、別宮《べつぐう》、摂社《せつしゃ》・末社《まつしゃ》などが付属している。「神宮」とは、伊勢湾岸の三市（伊勢・鳥羽・松阪）と旧三郡（度会・志摩・多気）にわたる、内外両宮と百二十五社の神社群およびその他いろいろな施設の総称である。

正殿は神明造《しんめいづく》りといわれる神社建築様式の代表的なものだ。二十年ごとに遷宮《せんぐう》の式

（式年遷宮《しきねんせんぐう》）が行なわれる。新殿を造営し、旧殿から新殿へご神体《しんたい》を移す祭儀だ。

「神宮」は、皇居の祭祀《さいし》する最高の存在として社格を超越するものとされた。また律令制下、国家の最高神として私幣《しへい》が禁じられていた。私幣とは、朝廷以外の、臣下《しんか》などが神社に捧げる幣帛《へいはく》（神殿に供える物の総称）のこと。それが禁じられていたということは、一般庶民など参詣できなかったということだろう。

けれども中世以降、伊勢講などによる一般庶民の参詣が盛んになった。

江戸時代になると、一生に一度はしたいといわれるほど、お伊勢参りが流行《はや》った。「抜け参り」というのがあって、子は親に、妻は夫に、奉公人は主人に無断で抜け出し、お伊勢参りをして戻って来ても、咎《とが》められなかったという。お伊勢参りの道中では、歌い踊り歩いたり、衣装に趣向をこらしたりして、日常の規範をこえて自由に振る舞った。そうすることで厳しい封建社会に対する不満を晴らしていたという。

また、式年遷宮の翌年を「御蔭年《おかげどし》」というのだが、その御蔭年にするのが「御蔭参《おかげまい》り」である。江戸時代、庶民の集団的な御蔭参りがおこった。大規模なものはほぼ六十年周期で三回おこっている。毎回、参加者は二百万〜三百万人にのぼったという。この御蔭参りの後に御蔭踊りが行なわれた。明治維新の前年七月から翌年の四月ごろまで、江戸以西の地でおこった通称「ええじゃないか」という大衆乱舞は、この御蔭参りの変形したものとも言われる。

明治以後、「神宮」は国家神道の中心となるが、一九四六(昭和二十一)年以降、すなわち戦後、政教分離で一宗教法人となったが、全国の神社の中心的な存在であることには変わりない。親しみを込めて「お伊勢さん」「大神宮さん」とも呼ばれている。

ちなみに参拝は外宮《げくう》から、というのが古来の順序である。

＊

アマテラスを祭る神社はこのほかにも宮崎県西臼杵《うすき》郡高千穂町の天岩戸神社《あまのいわとじんじゃ》の東本宮や、三重県志摩市の伊雑宮《いざわのみや》、京都市山科区の日向大神宮《ひむかいだいじんぐう》(内宮の別宮《べつぐう》の一社)、京都府福知山市の皇大神社《こうたいじんじゃ》、兵庫県西宮市の廣田《ひろた》神社《じんじゃ》、島根県松江市の佐太《さだ》神社《じんじゃ》、山口県山口市の山口大神宮などがあります。なお、アマテラスと一緒に弟のスサノオが祭られていることが多いようです。

外宮に祭られているトヨウケノ大神《おおかみ》、別名トヨウケビメノ神については七章の特別編を参照して下さい。

別宮は、本社(本宮)に付属して、別に設けられた神社のことです。摂社《せっしゃ》は、本社の祭神《さいじん》と縁故の深い神を祭った神社のことで、本社と末社《まっしゃ》とのあいだに位置します。末社は、摂社に次ぐ格式の神社のことです。

*

さて、「夜の世界」を治めるようイザナキに命じられたツクヨミだが、『古事記』にはそれ以降の活躍はいっさい出てこない。そのツクヨミを祭神とする神社が、長崎県壱岐市や、京都市西京区にある「月読神社《つきよみじんじゃ》」である。

ツクヨミを祭る神社

「月読《つきよみ》（讀）神社《じんじゃ》」

長崎県壱岐市芦辺にある月読神社は、月夜見命・月弓命・月読命の三柱《みはしら》を祭っている。いずれもツクヨミノ命《みこと》で、同じ「月の神」である。

その社殿は木々に覆《おお》われていて昼なお暗く、月の神を祭るにふさわしい風情がある。

『日本書紀』の顕宗《けんぞう》天皇紀にはこう記されている。

「同天皇三年（西暦四八七年）春二月一日、阿閉臣事代《あへのおみことしろ》が任那《みまな》に使いに出された。このとき途中の壱岐で月の神が憑依《ひょうい》し、『わが祖・タカミムスヒノ尊《みこと》（高皇産霊尊）は天地をお造りになった功がある。それゆえ田地を我が月の神に奉《たてまつ》れ。求めのままに差し出せば、慶福が得られるだろう』と告げた。このことを天皇に奏上すると、山城国《やましろのくに》（京都府南東部）葛野郡歌荒樔田《かづのこおりうたあらすだ》の地を賜《たまわ》った。それで壱岐の県主《あがたぬし》の先祖の押見宿禰《おしみのすくね》が、そこに月の神を祭って仕えた」

それゆえに、壱岐の月読神社がその本宮《ほんぐう》とされたようだ。

月の神の分霊《ぶんれい》を祭った山城国の月読神社は、文徳《もんとく》天皇の時代、八五六（斉衡三）年に、水害の危険を避けるため現在の京都市西京区の松尾山麓に移されたという。

その月読神社の祭神《さいじん》は、月読尊《つくよみのみこと》と表記されている。これは『日本書紀』の表記で、『古事記』の月読命と同一神である。また相殿《あいどの》にタカミムスヒノ神を祭っている。『古事記』では高御産巣日神、『日本書紀』では高皇産霊尊と書かれている神だ。

京都市の月読神社は歴史も古く、高い格式をもつ独立の神社であったが、松尾大社の勢力圏内にあることから、古来その影響下にあり、一八七七（明治十）年三月、松尾大社の境外《けいがい》摂社と定められた。ちなみに松尾大社は京都最古の神社といわれる。祭神はオオヤマグイノ神（大山咋神＝大山咋命）と、イチキシマヒメノ命《みこと》（市杵島姫命）、別名ナカツシマヒメノ命《みこと》（中津島姫命）。オオヤマクイは、別名ヤマスエノオオヌシノ神（山末之大主神）で、『古事記』ではオオトシノ神（大年神）の子とされている。鳴《な》り鏑《かぶら》を用いる神である。

*

本宮《ほんぐう》（もとみやとも）は、神霊《しんれい》を他に分けて祭ったときの元の神社のことです。

相殿《あいどの》は、同じ社殿に、二柱《ふたはしら》以上の神を合祀《ごうし》すること。また、その社殿のことです。

鳴り鏑は、鏑をつけた矢のこと。鏑は、鹿の角や木で蕪の根のような形に作り、矢の先の、突き刺さる部分（鏃《やじり》）のうしろにつけるもの。中をくり抜いて中空にし、いくつかの穴を開けてあるので、射たときに風を切って音を立てます。

境外《けいがい》摂社は、神社の敷地外（境外）にある摂社《せつしゃ》のこと。

オオトシノ神は、穀物の神で、『古事記』ではスサノオの子とされています。

*

さて、イザナキノ命《みこと》が生みだした三人の貴い御子《みこ》の最後、スサノオノ命《みこと》だが、彼を祭る神社を取り上げる前に、その持ち味を『古事記』の話の流れから見ておこう。

なぜなら、スサノオは親神のイザナキに追放されたうえ、姉のアマテラス大御神《おおみかみ》と争いをおこすからだ。

2 アマテラス・スサノオ姉弟の争い

すでに述べたようにイザナキノ命《みこと》はわが子・スサノオノ命《みこと》にこう命じた。

「海原《うなばら》を治めよ」

けれどもスサノオはみずからに与えられた重大な任務を果たそうとせず、あご髭《ひげ》が胸元に届くほど成長しても、子どものように泣き暴れているだけであった。

その理由を、スサノオは母のいない寂しさだとイザナキに打ち明け、さらに亡き母のいる根《ね》の堅州《かたす》（洲）国《くに》へ行きたいという。

（なんだって……ッ）

そんなところへ行けば二度と戻って来られない――。そう、イザナキは説得するが、スサノオはただ泣き喚《わめ》くだけ。とうとうイザナキはこう言ってスサノオを追放する。

「ならば好きにするがいい。この国に住んではならぬッ。出て行けッ」

スサノオを追放したイザナキは、それを機に淡海《おうみ》（近江＝滋賀県）の多賀《たが》に移って隠棲《いんせい》したのである。

追放されたスサノオは、姉のアマテラス大御神《おおみかみ》にひとこと挨拶してから母のいる根の堅州国へ立ち去ろうと考え、高天原《たかまのはら》に昇って行く。スサノオが歩くたびに雷鳴がとどろき、山も川も大地も揺らぐ。まさに彼が荒々しい神であることの証左である。

いっぽうアマテラスは高天原にまでとどろき渡る大きな音を聞いて驚く。その轟音が、高天原に向かって歩いてくる弟のスサノオのせいだとわかり、

（弟は高天原を奪いに来るのではないだろうか……）

と不審に思い、念のため武装にとりかかる。背には千本、脇腹には五百本もの矢を入れる武具を装着する。また、緒《お》に五百個の勾玉《まがたま》を貫いた長い玉飾りを着け、強弓《ごうきゅう》を手にしてスサノオを待ち受ける。

男装の麗人よろしく武装した姉の姿を見て、目をむいて驚くスサノオに、アマテラスは強弓に矢をつがえて引き絞り、高天原にきた理由を詰問《きつもん》する。スサノオはこれまでの経緯を打ち明け、挨拶に来ただけで異心《いしん》（謀反《むほん》の心）はないという。それでも信じられないという姉に、「誓約《うけい》」ではっきりさせようと持ちかける。誓約とは占いの

一種で、こうならばこうという二つの掟《おきて》（事柄の正・邪）を、あらかじめ神に誓いを立てて決めておき、どちらが出ても、それを神意（天意＝神の意志）とする占いだ。姉と弟は、それぞれが子を生んでその子どもによって正（異心《いしん》なし）・邪（異心あり）を判断することになる。

こうして新しい神々が誕生するのだが、この誓約は手続きに不十分な点があって、姉弟に確執が生じるのである。

＊

根《ね》の堅州国《かたすくに》は、地の底の片隅にあるとされる異郷（他界）のこと。なお、出口を同じくしますが、黄泉《よみ》の国《くに》とは異質の世界といわれ、所在についても地底ではなく、葦《あし》原《はら》の中《なか》つ国《くに》と同一面上にあるともいわれます。

スサノオは男神《おがみ》のイザナキから生まれています。それなのにイザナミを母と思い慕《した》うのは、母のない子が母に恋い焦がれるのと同じかもしれません。

3 新しい神々の誕生

異心（謀反《むほん》の心）の有無を、誓約《うけい》で明らかにすることとなったのだが――。

男の子（あるいは女の子）が生まれたら異心なし、女の子（あるいは男の子）が生まれたら異心あり、というような掟を、姉弟はあらかじめ神に誓って決めておかず、こんな具合に子を生み始めてしまう。

最初にアマテラス大御神《おおみかみ》がスサノオノ命《みこと》からその剣《つるぎ》をもらい受け、三つに折って口の中に入れて噛みに噛んで、ふっと吹き出した。その息が霧になり、霧から三人の女《め》神《がみ》が生まれた。

次にスサノオが、アマテラスからその左右の角髪《みずら》に巻かれている勾玉《まがたま》や、鬘《かつら》に巻かれている玉飾りなどをもらい受け、次から次に口に含んで噛みに噛んで、ふっと吹き出した。すると五人の男神《おがみ》が生まれた。

けれども姉弟はあらかじめ掟を決めていなかったので、スサノオの異心の有無をはっきりできない。けれどもアマテラスはこう言う。

「先に生まれた三人の女の子はあなたの剣《つるぎ》から生まれたのだから、あなたの子。あとから生まれた五人の男の子は私の勾玉から生まれたのだから、私の子。だから、勝ったのはあなたではなく、私」

スサノオはこう言う。

「私の剣から生まれた子は優しい女の子。だから当然、私に異心がないことは明らかでしょう。勝ったのは私ですよ」

そういってスサノオは誇らしげに勇ましい叫び声を上げ、引き上げて行く――。

このスサノオを祭神《さいじん》とするのが、島根県出雲市にある「須佐神社《すさじんじゃ》」や「日御碕神社《ひのみさきじんじゃ》」である。

スサノオを祭る神社

「須佐神社《すさじんじゃ》」

島根県出雲市にある須佐神社は、山間《やまあい》にある小さな神社である。中世には「十三所大明神」、近世には「須佐大宮」と称していたが、一八七一（明治四）年に「須佐神社」に改称された。

主祭神は、須佐之男命《すさのおのみこと》と表記され、その妻・イナダヒメノ命《みこと》（稲田比売命）とイナダヒメの両親（足摩乳《あしなずち》・手摩乳《てなずち》）を配祀《はいし》している。

このイナダヒメは、稲田姫《イナダヒメ》・奇稲田姫《クシナダヒメ》と書かれることもある。後述するように『古事記』では、櫛名田比売《クシナダヒメ》、両親は足名椎・手名椎と書かれている。『出雲国風土記《いずものくにふどき》』には「須佐社」、また『延喜式《えんぎしき》』の「神名帳《じんみようちよう》」（神社の登録台帳）には「須佐神社」と記されている。『出雲国風土記』によると、スサノオが各地を開拓したあと、当地にやってきて最後の開拓をし、「この国は良い国だから自分の名前は岩や木ではなく土地につけよう」と言って、「須佐」と命名、自らを鎮座《ちんざ》させたという。したがって古来、スサノオを祭る本宮《ほんぐう》とされた。

社家《しやけ》（神職を世襲する家柄）の須佐氏は、スサノオの子を先祖とすると伝えられているそうだ。

当社は一年を通じてイベントが多い。二月三日の節分祭では神楽《かぐら》の奉納や茅《ち》の輪《わ》の授与・豆まきなどが行なわれる。季節の変わり目には邪気（鬼）が生じると考えられ、それを祓《はら》うための「悪霊祓い」の行事も行なわれている。

四月十八日に例祭が行なわれ、その神事のあとに、スサノオがアマテラス大御神《おおみかみ》のもとに表敬訪問するとして、本殿から向かいの天照社まで渡御《とぎょ》する行幸《ぎょうこう》の神事が行なわれる（神幸祭《しんこうさい》＝神幸式）。神霊が宿った神体を神輿《みこし》に移して渡御が行なわれる。

翌日の「古伝祭」では、神事のあとに「陵王舞《りようおうのまい》」という舞が行なわれたり、悪魔退散・五穀豊饒を祈願する弓射神事《ゆみいれしんじ》が行なわれたりする。

また、八月十五日の「切明神事《きりあけしんじ》」では、「念仏踊り」が行なわれる。境内の広場に二本の神事花が立てられ、その下に着流しを着た踊り手が円陣を描きながら、「ナーマミドー」と唱え、笛に合わせて単調な動きで踊る。これは神仏習合色の強い踊りで、中世に田楽系の踊りに念仏聖《ねんぶつひじり》たちの影響が加わったものと考えられるという。

当社は小さな神社ながら不思議な霊験《れいげん》があるとされ、訪れる参拝客が少なくない。霊力のある聖地として取り上げられることもあるそうだ。

ところで『延喜式《えんぎしき》』というのは、平安時代中期の、律（刑法）と令（行政法・訴訟法）の施行細則で、全五十巻。第六十代醍醐《だいご》天皇（８８５〜９３０）の命令で九〇五（延喜五）年に編纂が始まり、九二七（延長五）年に完成した。「神名帳《じんみようちよう》」はその巻九と巻十のことで、律令制下、「官社」に指定されていた全国の神社一覧である（ここに記載された神社は延喜式内社《えんぎしきないしゃ》あるいは単に式内社《しきないしゃ》と呼ばれる）。

＊

スサノオを祭神《さいじん》として「須佐」を社名とする神社はほかにも和歌山県に三社（有田市・御坊市・田辺市）、広島県に一社（三次市）、福岡県に一社（行橋市）あります。

「日御碕神社《ひのみさきじんじゃ》」

島根県出雲市の日御碕《ひのみさき》にある日御碕神社は、通称「みさきさん」と言い、「出雲大社の祖神《おやがみ》さま」として崇敬を集めている。祭神は、天照大神《あまてらすおおみかみ》・素盞嗚尊《すさのおのみこと》と表記されているが、『古事記』に書かれている天照大御神・須佐之男命と同一神である。

現在の建物は徳川家光の命により造営されたもので、下《しも》の宮《みや》（日沈《ひしずみ》の宮《みや》・日沈の宮）にはアマテラス、上《かみ》の宮《みや》（神の宮）にはスサノオが祭られている。二つの社殿は、いずれも本殿と拝殿とを、石の間または相の間などの名で呼ばれる幣殿《へいでん》でつなぐ権現《ごんげん》造《づく》りとなっており、国の重要文化財に指定されている。幣殿とは、参詣人が幣帛《へいはく》（供え物）を神に供えるための建物のことだ。
「日沈の宮」という名前の由来だが、伊勢神宮の創建の由緒が、「日の本の昼を守る」であるので、日御碕神社は「日の本の夜を守れ」との、天皇の命を受けた神社であることによるという。

さて、アマテラス・スサノオの姉弟だが、誓約《うけい》をしたものの手続きに不十分な点があったため、二人のあいだに確執が生じる。スサノオにしてみれば、せっかく挨拶をしにきたというのに、姉はそれを信用せず、武装までしていた。その上、誓約の結果を一方的に意地悪く判断した。面白いはずがない。

（ええい、くそッ）

と、スサノオは勢いにまかせてまるで行き掛けの駄賃かのようにやりたい放題の乱暴狼藉を働く。高天原《たかまのはら》の田の畦《あぜ》を破壊したり、灌漑《かんがい》用の溝《みぞ》を埋めたり、稲穂を馬で踏み荒らしたり、神殿のそこら中に脱糞したり、さらには機織場《はたおりば》の屋根から皮を剥《は》いだ血だらけの馬を投げ込んだりする。まさに非道な行ないそのもの。アマテラスは恐れをなし、ついに「天《あま》の岩屋戸《いわやと》」を開いて身を隠してしまうのである。

＊

出雲大社の「祖神《おやがみ》さま」といわれるのは、後述するように出雲大社の祭神《さいじん》がオオクニヌシノ命《みこと》（大国主命）であり、そのオオクニヌシは、日御碕神社《ひのみさきじんじゃ》が祭るスサノオとクシナダヒメとのあいだにできた子の、五代あとの孫になるからです。

岩屋戸は、岩穴の戸口のこと。

伊勢神宮外宮（三重県）

天沼矛〈あめのぬぼこ〉で島をつくる
イザナキとイザナミ
（兵庫県／沼島）

あの世とこの世をつなぐ場所
（島根県／黄泉比良坂〈よもつひらさか〉）

しゃもじ形の絵馬「お多賀杓子〈おたがじゃくし〉」
（滋賀県／多賀大社）

第二章
その後のアマテラスとスサノオ

1 知恵者の演出と裸踊り

1 「天の岩屋」騒動

日の神であるアマテラス大御神《おおみかみ》（天照大御神）は、弟のスサノオノ命《みこと》（須佐之男命）の非道な振る舞いに圧倒されて心がひるみ、「天《あま》の岩屋戸《いわやと》」を開いて、その中に身を隠してしまった。

そのため高天原《たかまのはら》（天上界）も葦原《あしはら》の中《なか》つ国《くに》（地上界）も漆黒《しっこく》の闇に被《おお》われてしまう。その闇に乗じて、ありとあらゆる禍《わざわい》がおこりはじめる。悪神《あくじん》や悪霊《あくりょう》の跋扈《ばっこ》である。

事態は深刻、高天原の神々は安《やす》の河《かわ》の河原に参集して協議するが、名案が浮かばず、埒《らち》が明かない。

（このまま闇が続けば我々は死を待つだけだ……）

そう悟った一人の神が、知恵者で知られるオモイカネノ神（思金神）に判断をあおぐ。するとオモイカネは目論見《もくろみ》があるという。さすが天上界の創造神・タカミムスヒノ神（高御産巣日神）の子である、と神々に安堵《あんど》の色が浮かんだことだろう。

オモイカネの目論見とは――。

まず、たくさんの長鳴鳥《ながなきどり》（鶏《にわとり》）を集め、「コケコッコー」と鳴かせる。鶏は朝一番に鳴いて日の光を呼ぶ。その鶏の鳴き声が、日の光を嫌う悪神や悪霊を追い払うからだ。

次に、鏡（八咫鏡《やたのかがみ》＝大きい鏡）と勾玉《まがたま》（八尺瓊《やさかに》の勾玉）の玉飾りをつくらせるという。

この目論見がうまくいくかどうか、オモイカネは太占《ふとまに》という占いをさせた。その結果、「うまくいく」と出たので、目論見をこんなふうにすすめる。神事《しんじ》に用いる賢木《さかき》（榊）の木の上枝に勾玉の玉飾りを吊るし、中枝には鏡をかけ、下枝には白と青との幣《ぬさ》飾りを垂らし、これをアマテラスの隠れた岩屋戸（岩穴の戸口）に捧げる――。

その通りにすると、鶏が鳴き出し、鏡がキラキラ輝き出し、勾玉がサラサラ美しい音を出す。同時にアメノコヤネノ命《みこと》（天児屋命）が声高に祝詞《のりと》を唱え出す。

このときオモイカネは神々の中で一番の強力《ごうりき》であるタヂカラオノ神（手力男神）を岩屋戸《いわやと》のそばにひそませ、

（これでよし。祭りの準備は整った）

と満足そうに頷《うなず》いた。それから女神《めがみ》のアメノウズメノ命《みこと》（天宇受売命）にこう声をかける。「さあ、アメノウズメよ、踊るがいい」

アメノウズメは、「あいよ」といった調子で踊り出す。しだいに感情が高揚してきて、しまいには神がかりして狂喜乱舞のてい。着衣がはだけ、乳房もあらわになる。腰に結んだ裳《も》の紐《ひも》が陰部にまで押し下がり、陰部も丸見えになる。

（おお……ッ）

高天原《たかまのはら》の神々は、アメノウズメの卑猥《ひわい》な裸踊りにたまげるが、すぐに高天原が揺れ動くほどの大きい笑い声を上げる。

アメノウズメの踊りはさらに卑猥さを増し、岩屋戸の前は神々の囃《はや》し立てる声や鶏《にわとり》の鳴き声、それに賢木《さかき》の木に飾りつけられた勾玉《まがたま》がまき散らす美しい音でお祭りのように盛り上がり、賑《にぎ》やかになる——。

＊

アメノウズメは、後述するように道を塞《ふさ》ぐ挙動不審な神に一人で立ち向かって少しも恐れない勇気をもつ女神で、以後、アマテラスに可愛がられます。

② アマテラスの勘違い

アマテラス大御神《おおみかみ》は岩屋戸の外でのお祭り騒ぎに、

(いったい何がそんなに面白くて騒いでいるのかしら……)

と不思議がり、岩屋戸を細めに開けてアメノウズメノ命《みこと》に事情《わけ》を尋ねる。アメノウズメはこう答える。「あなた様よりもっと貴い神さまがいらっしゃったので、うれしくて皆で遊んでいるのですよ」

(なんですって……ッ)

と驚くアマテラスに、賢木の中枝にかけられた大きい鏡を差し出した。その鏡に映し出された自分の姿を一瞥《いちべつ》したアマテラスは、

(この方が、私より貴い神さまなの……)

と大いなる勘違いをしてしまう。そして、もう少しよく見てみたいと岩屋戸を今少

し開いて身を乗り出したとき、そばにひそんでいたタヂカラオノ神がアマテラスの手を取って戸外へ引き出した。

アマテラスが岩屋戸の外へすっかり姿を現わすと、神々からいっせいに歓声が上がる。高天原《たかまのはら》はむろん、葦原《あしはら》の中《なか》つ国《くに》も、まばゆいばかりの日の光を取り戻していたからだ。

このとき一人の神が、岩屋戸の前に注連縄《しめなわ》を張る。注連縄は、ここから先へは入ってはいけないという出入りの禁止をする境界の「しるし」。これでもう、アマテラスは岩屋戸の中に戻れなくなるのである。

＊

天上界の創造神・タカミムスヒノ神（高御産巣日神）の子であるオモイカネノ神は、『古事記』では思金神と書かれていますが、『日本書紀』では思兼神と書かれています。また、『先代旧事本紀《せんだいくじほんぎ》』では思金神・思兼神のほか、八意《やごころ》思金神・八意思兼神などと表記されていますが、いずれも同一神です。「八意」は多くの知恵という意味で、「思《おもい》」は「思慮」、「兼《かね》」は「兼ね備える」の意味で、「多くの人々の持つ思慮を一人で兼ね備える神さま」ということです。

＊

さて、アマテラスを岩屋戸の外へ引き出す目論見《もくろみ》をしたオモイカネだが、高天原の知恵袋といえる存在なので、知恵の神さま・学問の神さまとして信仰されている。オモイカネを祭神《さいじん》とする神社の一つが、埼玉県秩父市にある「秩父《ちちぶ》神社《じんじゃ》」である。

オモイカネを祭る神社

「秩父《ちちぶ》神社《じんじゃ》」

埼玉県秩父市にある秩父神社は、秩父市の中央にある「柞之杜《ははそのもり》」（母巣の森とも）に鎮《しず》まる総社《そうしゃ》であり、また三峯神社《みつみねじんじゃ》・宝登山神社《ほどさんじんじゃ》とともに秩父三大神社の一社である。

祭神は、八意思兼命《やごころおもいかねのみこと》と表記されている。ほかにも天と地の始まりに立ち現われる最初の神・アメノミナカヌシノ神（天之御中主神）や、ヤゴコロオモイカネノ命《みこと》を先祖に持つという秩父地方の初代の国造《くにのみやつこ》なども祭られている。

社殿は、徳川家康の寄進によるもので、本殿・幣殿《へいでん》・拝殿が一つにまとめられた権《ごん》現造《げんづく》りの様式であり、埼玉県の重要文化財に指定されている。極彩色の彫刻が数多く施されていて、なかでも名工・左甚五郎《ひだりじんごろう》作「つなぎの龍」「子宝子育の虎」は有名である。

十二月一日から六日まで行なわれる「秩父夜祭《ちちぶよまつり》」も有名だ。二日が宵宮《よいのみや》で、三日に大祭《たいさい》（曳山祭《ひきやままつり》）があり、提灯《ちょうちん》で飾り付けられた山車《だし》（国指定重要有形民俗文化財の笠鉾《かさぼこ》と屋台）の曳《ひ》き回しや、冬の花火大会で知られている。

＊

オモイカネを祭る神社は、ほかにもあります。長野県下伊那郡阿智村の「阿智神社《あちじんじゃ》」と「安布知神社《あふちじんじゃ》」、また神奈川県伊勢原市の「八意思兼神社《やごころおもいかねじんじゃ》」、大阪府箕面市粟生間谷の「五字神社《ごあざじんじゃ》」と同市粟生外院の「五字神社《ごじじんじゃ》」、また宮崎県西臼杵郡高千穂町の「天岩戸神社《あまのいわとじんじゃ》」から少し歩いた所にある「天安河原宮《あまのやすかわらぐう》」などです。

＊

総社《そうしゃ》（そうじゃとも）は、平安末期から鎌倉時代、中央から派遣される地方官（国司）が一の宮・二の宮など有力な神社を、諸国に置かれた政庁（国府）の近辺に合祀《ごうし》した神社のことです。また、一国内の神社の祭神《さいじん》を一カ所に合祀した神社のこと。一の宮・二の宮は平安末期から中世にかけて民間でつけられた社格の一種。一の宮はその国で第一位とされた、由緒正しく最も信仰のあつい神社のこと。

国造《くにのみやつこ》は、その国の首長のことです。

曳山《ひきやま》は、お祭りに引く山車《だし》のことです。

＊

さて、卑猥《ひわい》な裸踊りをしてみせた勇気ある女神《めがみ》・アメノウズメだが、彼女を祭神としている神社もある。三重県鈴鹿市の「椿岸神社《つばきぎしじんじゃ》」や、同県伊勢市の「佐瑠女神社《さるめじんじゃ》」などである。

アメノウズメを祭る神社

「椿岸神社《つばきぎしじんじゃ》」

三重県鈴鹿市山本町にある椿岸神社は、「椿大神社《つばきおおかみやしろ》」の別宮《べつぐう》である。つまり、本社の椿大神社に付属して別に設けられた神社（＝別宮《べつぐう》）なのである。

別宮《べつぐう》の祭神《さいじん》は、天之宇受女命《あめのうずめのみこと》と表記されている。

由緒は不詳だが、本社と別宮の祭神の間には事情《わけ》がある。詳しくは後述するが、ニニギノ命《みこと》（邇邇芸命）の降臨《こうりん》のさい、アメノウズメノ命《みこと》は、天下《あまくだ》る道の途中に道を塞《ふさ》ぐように立っている挙動不審な国《くに》つ神《かみ》に一人で立ち向かい、尋問する。勇気あるアメノウズメはとても面白い顔をしているので、どんな相手でも顔を合わせると警戒心を解いて、気を許してしまう。だから睨《にら》み合っても睨み勝ちできる。このときも挙動不審な国つ神はすんなり尋問に答え、怪しい者でないことがわかる。のちにアメノウズメはこの国つ神と男女の契《ちぎ》りを結び、切っても切れない間柄となる。この国つ神というのが、本社（椿大神社《つばきおおかみやしろ》）の主祭神、サルタビコノ大神《おおかみ》（猿田彦大神＝猿田毘古）なのである。

それはさておき、当社（別宮）は明るい朱塗りの神社で、そばを谷川が流れ、水音が豊かである。本殿は、神社の本殿様式の一つ、神明造《しんめいづく》り。すなわち屋根は茅葺《かやぶ》き、切妻造《きりつまづく》り（二つの斜面からできている山形の屋根）で反《そ》りがない。破風《はふ》（屋根の切妻にある合掌形の装飾板）が屋根を貫いて千木《ちぎ》（屋根の上に突き出て交差した装飾材）となり、また棟の上には鰹木《かつおぎ》（棟木の上に、棟と直交させて並べた装飾の短材）を置く。平入《ひらい》り（棟に平行な側に正面入り口があること）で前面中央に扉があり、四面に高欄（欄干）を設けている。

秋の例大祭には、本社である椿大神社からの渡御《とぎょ》（神輿《みこし》のお出まし）があり、翌日には還御《かんぎょ》（お帰りになること）がある。

つまり、サルタビコがアメノウズメのいる別宮へやって来て一泊し、翌日に本社へ帰るというロマンチックな神事が行なわれるのである。

「佐《さ》瑠《る》女《め》神社《じんじゃ》」

三重県伊勢市の「佐瑠女神社」は、「猿田《さるた》彦神社《びこじんじゃ》」の境内にひっそり向かい合うようにある。祭神は、天宇受売命《あめのうずめのみこと》と表記され、「佐瑠女」とはアメノウズメのことだとされる。その理由《わけ》は後述するように、アメノウズメはサルタビコの名を名乗り、代々伝えていくようニニギノ命《みこと》に命じられ、サルメノ君《きみ》（猿女君）と呼ばれるようになるからだ。

八月十七日・十八日に、例祭が行なわれる。

また、滋賀県彦根市京町の「千代神社《ちよじんじゃ》」、宮城県名取市の「佐倍乃神社《さえのじんじゃ》」、同県古川市の「志波姫神社《しわひめじんじゃ》」なども、アメノウズメを祭っている。

アメノウズメは高天原《たかまのはら》の神々を魅了する裸踊りを披露しただけに、古来、俳優《わざおぎ》の始祖、芸道の祖神《おやがみ》と仰がれ、あらゆる芸事の上達を願う人たちから信仰を集めているが、縁結びや夫婦円満に霊験《れいげん》のある神としても信仰されている。

＊

アメノウズメノ命《みこと》は『古事記』では「天宇受売命」、『日本書紀』では「天鈿女命」と書かれています。サルタビコノ神も、『古事記』では猿田毘古神・猿田毘古大神・猿田毘古之男神、『日本書紀』では猿田彦命と書かれています。

俳優《わざおぎ》は、神を招《お》ぐ態《わざ》の意。面白おかしい技を演じて、歌い舞い、神や人の心を和らげ楽しませること。またそれをする人のことです。

＊

ところで、アマテラスを岩屋戸《いわやと》（天岩戸《あまのいわと》）から誘い出す演出をしたオモイカネやアメノウズメを祭る神社があるのは当然だが、宮崎県には天岩戸そのものを祭る「天岩戸神社」というのがある。

天岩戸を祭る神社

⛩「天岩戸神社《あまのいわとじんじゃ》」

宮崎県西臼杵郡高千穂町にある天岩戸神社の西本宮は、アマテラスが身を隠した洞窟《どうくつ》の「天岩戸」、すなわち「岩穴の戸口」をご神体《しんたい》として祭っている。鳥居の前には天岩戸を押し開けてアマテラスを引き出したタヂカラオの像も立っている。

アメノウズメは天の香具山《あまのかぐやま》のつる草をたすきにしてかけ、正木《まさき》の蔓《かつら》で髪を飾り、笹の葉を束ねて手に持って裸踊りをして見せたが、そのときの神木《しんぼく》が境内にあるという。

また「天岩戸」があったとされる洞窟や、アマテラスが身を隠して世界が真っ暗闇になったとき、八百万《やおよろず》の神々が集まって相談したとされる「安の河」の河原もあるという。

ちなみに岩戸川を挟んで対岸には東本宮があり、そこにはアマテラスが祭られている。

2 スサノオの気風の変質とロマン

① オロチ退治とクシナダヒメ

知恵者で知られるオモイカネノ神（思金神）の演出と、アメノウズメノ命《みこと》（天之宇受売命）の見事な裸踊りで、日の神・アマテラス大御神《おおみかみ》（天照大御神）を岩屋戸《いわやと》の外へ誘い出すことに成功、まばゆいばかりの日の光を取り戻すことができた。

その後、『古事記』によると——。

高天原《たかまのはら》の神々は、この騒動の元凶《げんきょう》はスサノオノ命《みこと》（須佐之男命）の非道な行ないであるとしてスサノオに罰を与え、その上で高天原から追放すべきだと衆議一決する。

そのため財産刑や体罰を与えられて高天原を追放されたスサノオは、出雲国《いずものくに》（島根県）へ逃れて来て、当地の斐伊川《ひいかわ》（肥の河）の上流、仁多《にた》郡鳥上《とりかみ》（鳥髪＝現在の奥出雲町）に降り立つ。

この地で、スサノオは美しい娘・クシナダヒメ（櫛名田比売）に出会うのである。そのクシナダヒメの父親・アシナヅチ（足名椎）から、スサノオはこんな話を聞かされる。八人いた娘のうち、すでに七人もの娘が出雲国の古志郷《こしのさと》（諸説あり）に棲《す》むヤマタノオロチ（八俣大蛇＝八岐大蛇）の餌食《えじき》となった。クシナダヒメは最後の一人、今年もヤマタノオロチがやってくる――。

ヤマタノオロチは一つの体に頭が八つ、尾も八つあり、体の長さは谷を八つ、山を八つ這《は》い渡るほど大きいという。

そのオロチを退治するのでクシナダヒメを妻にくれないかと、スサノオはアシナヅチに持ちかける。自分の名を名乗り、アマテラス大御神の弟だと告げると、アシナヅチはかしこまった顔をして承知する。

スサノオは見事にヤマタノオロチを退治する。そのオロチの切り裂いた尾から、立派な大刀《たち》が現われる。その大刀を、高天原にいる姉のアマテラスに事情を話して献上する。これをきっかけにして姉弟は和解する。またこの剣が、のちに草薙《くさなぎ》の剣《つるぎ》（草那芸剣）と名づけられ、三種の神器の一つとなる。あとの二つは、アマテラスを岩屋戸の外へ誘い出すときに使った「八咫鏡《やたのかがみ》」と「八尺瓊の勾玉《やさかにのまがたま》」である。
クシナダヒメを娶《めと》ったスサノオは、彼女と家庭を営む宮殿を造ろうと、出雲国《いずものくに》を歩き回る。あるとき、とても「すがすがしい」土地を発見する。そこを「須賀の地」と名付け、壮麗な宮殿（須賀の宮）を造る。このときスサノオは喜びの気持ちを三十一文字の歌に託す。

八雲《やくも》立つ　出雲八重垣　妻籠《ご》みに　八重垣作る　その八重垣を

（八重に立ちのぼる美しい雲、その雲が八重の垣根となって宮殿を取り囲んでくれる。私は妻を得てこの宮殿を建てるのだが、そこに私と妻を閉じ込めるかのように雲が立って、八重の垣根をつくる。ああ、すばらしい八重垣であることよ）

スサノオの荒い気風がすっかり変質したことを知って、高天原《たかまのはら》の神々は驚いたことだろう。あれだけ傍若無人に非道な行為――高天原の田の畦《あぜ》を破壊したり、灌漑《かんがい》用の溝《みぞ》を埋めたり、稲穂を馬で踏み荒らしたり、神殿のそこら中に脱糞したり、さらには機織場《はたおりば》の屋根から皮を剥《は》いだ血だらけの馬を投げ込んだりしていたスサノオが、地上

「天の安の河」の河原（宮崎県）

アマテラスをはじめ
神々が総出演
「高千穂の夜神楽」(宮崎県)

に降りたとたん、凶暴な男からひとかどの人物となり、ロマンを求めたからだ。

クシナダヒメとの出会いがスサノオを変えたのなら、いにしえの霞のかなたに広がる世界でも、男は女によって変わることができたということだろう。

＊

クシナダヒメは、『古事記』では櫛名田比売、スサノオノ命《みこと》は須佐之男命、『日本書紀』では稲田姫《いなだひめ》・奇稲田姫《くしなだひめ》、素戔嗚尊と表記されていますが、いずれも同一神です。

アシナヅチ（足名椎）は、スサノオからのちにイナダノミヤヌシスガノヤツミミノ神（稲田宮主須賀之八耳神）という名を与えられます。それで稲田姫という表記がされるようになったとも考えられます。アシナヅチは国つ神《くにかみ》・オオヤマツミノ神（大山津見神）の子です。オオヤマツミノ神は、あとから登場する姉妹、イワナガヒメ（石長比売）とコノハナノサクヤビメ（木花之佐久夜毘売＝ニニギの初恋の娘）の父親です。

ヤマタノオロチという蛇（地と水＝斐伊川）と処女（犠牲）との結合は、稲作儀礼を象徴するものという説があります。

＊

さて、スサノオを虜《とりこ》にしてその気風を変質させたクシナダヒメだが、彼女を祭神《さいじん》とする神社がある。島根県松江市の「八重垣神社《やえがきじんじゃ》」や、和歌山県日高郡の「須賀神社《すがじんじゃ》」、埼玉県さいたま市大宮区の「氷川神社《ひかわじんじゃ》」などである。

クシナダヒメを祭る神社

「八重垣神社《やえがきじんじゃ》」

島根県松江市佐草町にある八重垣神社は、松江市の中心より南方の山沿いにある。主祭神は、素盞嗚尊《すさのおのみこと》・稲田姫命《いなだひめのみこと》（＝クシナダヒメ）と表記されている。

出雲《いずも》の古い民謡の一節に、「早く出雲の八重垣様に、縁の結びが願いたい」とあるように、当社は二人の言い伝えから出雲の縁結びの神社として知られ、信仰を集めている。稲田姫命は国の乙女の花と歌われたという。

旧称を佐久佐神社《さくさじんじゃ》という。社伝によれば、スサノオがクシナダヒメとの住居を構えたという須賀（現在の雲南市大東町須賀）の地（須我神社《すがじんじゃ》）に創建されたが、のちに佐久佐神社の境内に遷座《せんざ》した。佐久佐神社は一八七二（明治五）年に八重垣神社を合祀《ごうし》し、明治十一年に八重垣神社に改称したという。スサノオが詠《よ》んだ歌の中の、「八重垣」に由来することはいうまでもない。

社殿の後方には「奥の院」が鎮座《ちんざ》し、「鏡の池」と呼ばれる池や、「夫婦杉《めおとすぎ》」と呼ばれる二本の大杉、「連理の椿《れんり》」などがある。連理とは、一本の木の枝が他の木の枝につき、一本の木のように肌理《きめ》（木材の持つ質感）が同じになること。また、男女の仲がきわめて親密なことのたとえに使われる。

「鏡の池」はクシナダヒメが、スサノオに勧められ、奥の院でヤマタノオロチから身を隠しているあいだ、鏡代わりに姿を映したと伝えられるもの。この言い伝えに因《ちな》む祭事が、五月三日に行なわれる「身隠神事《みかくしししんじ》」というもので、本殿から奥の院の夫婦杉に向かって神幸《しんこう》行列が行なわれる。神幸とは、神体《しんたい》が神輿《みこし》に乗って渡御《とぎょ》すること。この行列を見ると良縁に恵まれるという言い伝えがある。

また、十二月十五日には、神体を神輿から社殿に移す還幸祭《かんこうさい》が行なわれる。例祭は十月二十日である。

⛩「須賀神社《すがじんじゃ》」

和歌山県日高郡みなべ町にある須賀神社の主祭神《しゆさいじん》は、素戔嗚尊《すさのおのみこと》・櫛稲田姫命《くしなだひめのみこと》と表記されている。

須賀という社名の神社は島根県や高知県に多いが、日本全国にある。「すが」は「須我」「清」「酒賀」「素鵞」などとも表記される。

むろん、スサノオがクシナダヒメと住む土地探しをして、やっと「すがすがしい」土地を見つけ出し、宮殿（須賀の宮）を造ったことに由来している。ちなみに須賀神社の多くは、明治政府によって出された神仏分離令《しんぶつぶんりれい》まで「牛頭天王社《ごずてんのうしや》」と称していた。

＊

神仏分離令は、祭政一致をスローガンとする明治政府によって一八六八（明治元年三月に出された、古代以来の神仏習合を禁じた命令です。これにより当時、全国に廃仏毀釈《はいぶつきしやく》運動がおこり、仏堂・仏像・経文などが破棄されました。

⛩「氷川神社《ひかわじんじゃ》」

埼玉県さいたま市大宮区にある氷川神社は、東京都や埼玉県近辺に約二百ある氷川神社の本社である。他の氷川神社と区別するさいには「大宮氷川神社」とも呼ばれる。武蔵国《むさしのくに》（東京都・埼玉県・神奈川県北東部）の一の宮として二千年以上の歴史を誇っている。

「大宮」という地名は、この氷川神社を「大いなる宮居《みやい》」としてあがめたことに由来するという。宮居とは、神が鎮座すること。また、その神社のことだ。

主祭神は、須佐之男命《すさのおのみこと》・稲田姫命《いなだひめのみこと》・大己貴命《おおなむちのみこと》と、三人が表記されている。大己貴命はオオナムチノ神（大己貴神＝大穴牟遅神）のことで、後述するようにスサノオの子孫にあたるので、一緒に祭られていると考えられる。

それはさておき、この氷川神社の約三万坪の広大な境内には、朱塗りの楼門、銅板葺の本殿や拝殿などが、豊かな緑に囲まれて立ち並んでいる。

八月に行なわれる例祭は勅祭《ちょくさい》として行なわれる。すなわち勅命《ちょくめい》（天皇命令）によって行なわれる祭事だ。また五月の御鎮座祭や六月の茅《ち》の輪《わ》くぐり、十二月十日には「十日市《とおかまち》」という祭りなどが行なわれる。「十日市」は、参道や境内に縁起物の熊手や神棚などを商う店が立ち並ぶ「酉《とり》の市《いち》」で、さいたま市屈指《くっし》の賑《にぎ》わいをみせるという。また、正月三が日の初詣客は全国十位以内に入るといわれ、平成二十年以降は、毎年二百万人以上が訪れているそうだ。

＊

クシナダヒメを祭る神社はほかにもあります。京都市北区紫野の今宮神社《いまみやじんじゃ》や、前出の須佐神社《すさじんじゃ》（島根県出雲市）などです。また、スサノオを祭る神社には、たいていクシナダヒメが配祀《はいし》されています。

＊

さて、美しいクシナダヒメを手に入れたスサノオだが、その後、交合に精を出して一人の御子《みこ》、ヤシマジヌミノ神（八島士奴美神）をもうける。また別の娘とのあいだにも二人の御子をもうける。そうしてかねての望み通り、亡き母・イザナミがいる「根《ね》の堅州国《かたすくに》」へ赴《おもむ》いてしまうのである。

その後、『古事記』は、オオナムチノ神（大己貴神＝大穴牟遅神）の物語となってしまう。オオナムチノ神は、スサノオがクシナダヒメとのあいだにもうけたヤシマジヌミノ神の、その五代あとの孫として誕生したという。

そのオオナムチノ神は、事情《わけ》あってスサノオのいる根の堅州国へ逃亡し、そこでスサノオの娘であるスセリビメ（須勢理毘売）と恋に落ちる。そして「大いなる国の主《ぬし》」という意味のオオクニヌシノ神（大国主神）と呼ばれるようになり、国づくりを始めるのである。

第三章 オオクニヌシの「国づくり」

1 苦難と初恋と試練

1 因幡《いなば》の白兎

スサノオノ命《みこと》（須佐之男命）が、クシナダヒメ（櫛名田比売）とのあいだにもうけた御子《みこ》の、五代あとの孫として誕生したオオナムチノ神（大己貴神＝大穴牟遅神）は、なぜスサノオのいる根《ね》の堅州国《かたすくに》へ逃亡したのだろうか。

また、なぜオオクニヌシノ神（大国主神）と呼ばれるようになり、国づくりをはじめるようになったのだろうか。

『古事記』によれば経緯はこうである――。

オオナムチには大勢の異母兄弟がいて、末っ子のオオナムチはいつも兄たち（八十《やそ》神《がみ》＝多くの神の意）にこき使われていた。

あるとき八十神は、因幡《いなば》（鳥取県東部）にいる可憐で美しい娘・ヤカミヒメ（八上比売）に妻問い（求婚）をしに行こうと、全員で出雲《いずも》（島根県東部）を旅立つ。その荷物運びを、オオナムチは命じられ、供をすることになる。

一行は日本海に沿って因幡へ向かう。気多《けた》の岬で、皮を剥《は》がれて赤裸の兎《うさぎ》を発見する。兎は鰐《わに》（鰐鮫《ワニザメ》）を欺《あざむ》いて海上に並ばせ、淤岐島《おきのしま》から因幡に渡るが、口をすべらせて欺いたことが知られ、怒った鰐に皮を剥がれていた。その、こらえきれないほどの痛みに耐えている兎に、八十神は助けるふうを装ってこう教えた。海水を浴びてから風にあたり、それから高い山にのぼって山頂で寝ていれば治るさ――。その通りにしていっそう苦しんでいた兎は、遅れてやって来たオオナムチに助けられる。傷をちゃんと治す方法を教えられた兎は、妻問いにはオオナムチが成功すると予言する。

その後、因幡のヤカミヒメは妻問いにやってきた八十神にこう返事をする。「私は優しくて心の広いオオナムチノ神のところへ嫁にいくつもりです」

それからというもの、オオナムチは嫉妬に狂った八十神のさまざまな謀略にかかって死にかけるが、とうとう赤いイノシシに似せた大きい焼け石に押しつぶされて死んでしまう。

けれどもこの事実を知ったオオナムチの母神は諦《あきら》めきれず、高天原《たかまのはら》に昇って地上界の創造神・カムムスヒノ神（神産巣日神）にすがる。その甲斐あってオオナムチは生き返る。それを知って八十神《やそがみ》がまた、オオナムチの生命《いのち》を狙う。このままではいつか殺されてしまうと、母神はついにオオナムチにこう言う。「スサノオノ命《みこと》がおられる根《ね》の堅州国《かたすくに》へ行きなさい。きっと助けてくれるでしょう」

こうしてスサノオの子孫にあたるオオナムチは根の堅州国へ逃げ込むのである。

＊

根の堅州国は、すでに書いたように地の底にあるとされる異郷です。黄泉《よみ》の国《くに》と出入り口を同じくしますが、黄泉の国とは異質の世界といわれます。

② 初恋と試練

その日——。

黄泉比良坂《よもつひらさか》という地上と黄泉の国との境にある坂を下っていたオオナムチは、根の堅州国の宮殿らしい建物を発見する。さっそく訪ねると、スサノオの娘、スセリビメ

（須勢理毘売）が玄関先に現われる。

（……ッ）

二人は目を合わせた瞬間、互いに互いの視線をはずせなくなる。そのまま互いに間合いを詰め合って抱き合い、とうとう抑えきれなくなって気持ちを爆発させ、初めての交合をする。そのあと、落ち着いたスセリビメは宮殿内に戻って父のスサノオに訪問者があることを知らせる。

宮殿から出て来たスサノオはオオナムチを一瞥《いちべつ》してこう言う。「これはアシハラシコオ（葦原色許男＝葦原醜男）という神だ」

アシハラ（葦原）は、地底の国（根の堅州国）に対して地上の国（葦原《あしはら》の中《なか》つ国《くに》）という意味だ。

スサノオはオオナムチを地上の国の勇者と見て宮殿に招き入れるのだが、娘の気に入った男を素直に受け入れられず、嫌がらせをかねて、その勇気を試す。

まず、オオナムチにお前の寝室はあそこだと、スサノオが指差したのは宮殿の奥の、蛇の室屋《むろや》であった。次に、荒れはてた野原に誘い出し、火を放って焼き殺そうとする。

だが、蛇攻め・火攻めも、スセリビメと突然現われたネズミに助けられて、オオナムチは危機を脱する。するとスサノオは、今度は自分の頭髪に巣食うシラミを取らせようとする。シラミ取りというのは取ったシラミを口に含んで噛み殺す。スサノオの狙いはそこにある。頭髪にいるのはシラミではなく、ムカデであった。だからとても口に含んで噛み殺せない。それどころか口の中を刺され、死んでしまう。万事休すというオオナムチを、スセリビメが機転をきかして、また救う。

けれども、

(ここにいてはいつか殺されてしまう……)

と、オオナムチはスセリビメを連れて根《ね》の堅州《かたす》国《くに》から脱け出す決心をする。

オオナムチはスサノオの髪をすきほぐしながら、スサノオが居眠りするのを待った。隙《すき》をみてその髪の束を垂木《たるき》に結《ゆ》わえ付けると、スサノオの琴(天詔琴《あめののりごと》。天沼琴《あめのぬごと》とも)と弓矢を持ち出し、スセリビメと一緒に宮殿をあとにしたのである。

＊

琴は、神を招き寄せて神託《しんたく》を聞くさいに必要なものでしたから、オオナムチはスサノオの琴を持ち出したのでしょう。

＊

さて、惚れたオオナムチの危機を何度も救ったスセリビメだが、彼女はオオナムチとともに祭られている場合がほとんどである。よってオオナムチがオオクニヌシノ神と名乗り、国《くに》づくりと国譲《くにゆず》りをする経緯を見てから一緒に紹介することにし、オオナムチのその後を、『古事記』にしたがって追うことにする。

③ 岳父《がくふ》スサノオの命令

根の堅州国を脱けだそうと、オオナムチとスセリビメは一目散に黄泉比良坂《よもつひらさか》に向かう。

その途中で、スサノオの宮殿から持ち出してきた琴が木の枝に触れてしまい、地鳴りのような音を出す。

（うん……ッ）

音に気づいたスサノオは立ち上がろうとするが、すぐには立ち上がれない。髪が垂木に結わえ付けられている。

（糞ッ）

スサノオは舌打ちし、髪を垂木《たるき》から解くやいなや宮殿を押っ取り刀で飛び出す。黄《よ》泉比良坂《もつひらさか》まで逃げ延びたオオナムチとスセリビメに追いつくが、もはやここまでとスサノオは観念する。そして娘の身も心も奪ったオオナムチを許し、その勇気を認めて高らかにこう命じる。

「オオナムチよ。わしから奪った大刀《たち》と弓矢で腹違いの八十神《やそがみ》をことごとく倒し、おまえが葦原《あしはら》の中《なか》つ国《くに》を治め、オオクニヌシノ神（大国主神）と名乗り、またウツシクニタマノ神（宇都志国玉神）と名乗り、わが娘・スセリビメを妻とし、宇迦山《うかやま》の麓《ふもと》に高天原《たかまのはら》に届くほどに高い宮殿を建てて住まえッ」

その後、オオナムチはスサノオに命じられた通り地上へ戻ると八十神を打ち倒し、オオクニヌシノ神を名乗って国《くに》つ神《かみ》すなわち葦原の中つ国（地上界・日本の国土）に土着する神として国づくりをはじめる。

そんなオオクニヌシのもとへ、因幡《いなば》のヤカミヒメが心を決めてやってくる。

あの因幡の白兎《しろうさぎ》の予言が当たったのである。

＊

岳父《がくふ》は、妻の父のことです。

宇迦山《うかやま》は、島根県出雲《いずも》市の出雲大社の近くにある山。
宇都志国玉神《うつしくにたまのかみ》は、現国玉神で、「現」はウツシ（現実）、すなわち現実の国土に宿る神霊《しんれい》（国魂《くにたま》）・恵みを与える神、ということです。

④ 子ダネ蒔《ま》き

みずから出雲へ出向いてきたヤカミヒメに、オオクニヌシは歓喜したことだろう。選んだのではなく選ばれたオオクニヌシはさっそくヤカミヒメと情を交わし、彼女は身ごもり、やがて御子《みこ》を生む。

けれどもヤカミヒメは悩む。正妻のスセリビメがいたからだ。スセリビメは自分からオオクニヌシを求めただけでなく、父・スサノオを見捨てて根《ね》の堅州国《かたすくに》から地上へと恋の逃避行までしている。それに、荒ぶる神といわれるほど泣き喚き、暴れ、あげくに姉のアマテラスの心をひるませる非道な振る舞いをしたスサノオの娘である。気性が激しく嫉妬深い。

いっぽうスセリビメにしてみれば、父・スサノオの度を越えた嫌がらせというより過酷な試練を乗り越えて一緒になったオオクニヌシだ。ヤカミヒメに「はい、そうですか」というわけにはいかない。

とうとうヤカミヒメは出雲《いずも》にいるのがいたたまれない気持ちになり、生んだ御子《みこ》を木の叉《また》（俣）に置いたまま因幡《いなば》へ帰ってしまう。

するとオオクニヌシはヤカミヒメを失った寂しさから、高志国《こしのくに》（越国＝北陸地方）のヌナカワヒメ（沼河比売）を、恋慕の情を込めた歌で口説いたりする。

このころのオオクニヌシは出雲を中心に次々と周辺の地域を支配し、治めはじめている。それで各地の娘を口説いては側女《そばめ》としてその地に置き、せっせと子ダネを蒔《ま》いている。正妻のスセリビメ以外に五人の娘と情を交わし、御子をもうけている。

神が子ダネを蒔《ま》き散らすのは、五穀豊穣や大漁と同じ恵み、すなわち神がこの世に示す恵みと考えられたという。

つまり、成り成りて成りあまれるところは先天的に「善」とされていたようである。

さて、生んだ御子を木の叉（俣）に置いたまま里へ帰ってしまったヤカミヒメだが、彼女を祭る主な神社には、鳥取県鳥取市河原町の「賣沼神社《めぬまじんじゃ》」がある。ほかにも長崎県対馬市豊玉町の「島御子神社《しまみこじんじゃ》」や、島根県出雲市の御井神社《みいじんじゃ》の摂社《せつしゃ》「実巽神社《じつそんじんじゃ》」などがある。

また、木の叉（俣）に置き去りにされた御子を祭る神社もある。『古事記』では性別不詳だが、この御子を祭る神社の社伝ではオオナムチの長男としている例が多く、その名をキノマタノ神（木俣神）、別名をミイノ神（御井神）というようである。

キノマタノ神（ミイノ神）を祭るのは、島根県出雲市・三重県多気町・兵庫県養父市・奈良県宇陀市、それに岐阜県などにある「御井神社《みいじんじゃ》」だ。

ヤカミヒメを祭る神社

⛩「賣沼神社《めぬまじんじゃ》」

鳥取県鳥取市河原町にある賣沼《めぬま》（売沼）神社は、河原駅から西へ四キロほどの曳田《ひけた》にある。日本海から千代川をさかのぼり、支流の曳田川へ入ったところなので、境内のすぐ横を曳田川が流れ、東側の土手は八上姫公園となっている。

祭神《さいじん》は、八上姫命《やかみひめのみこと》と表記されているが、ヤカミヒメ（八上比売）と同一神である。社名は「賣沼《めぬま》」だが、「比賣沼《ひめぬま》」が本来の社名で、「比」が脱字したという。

対岸の簗瀬山《やなせやま》中腹に前方後円墳《ぜんぽうこうえんふん》があり、旧社地は古墳のそばにあったらしくヤカミヒメの神廟《しんびょう》とする説もあるようだ。

なお、長崎県対馬市豊玉町にある島御子神社《しまみこじんじゃ》の祭神は、オオクニヌシとヤカミヒメである。

⛩「御井神社《みいじんじゃ》」

キノマタノ神（ミイノ神）を祭神としている島根県出雲《いずも》市の御井神社は、斐川《ひかわ》インターからほど近い小山にある。境内はきれいに整備され、安産祈願の参拝客が多く訪れるという。

近くにはとても歴史の古い井戸が三つ点在し、日本最古の井戸として紹介されている。

当社が安産の神・水神《すいじん》の祖《そ》とされる理由は、『古事記』『日本書紀』などに記された故事によるという。オオクニヌシはヤカミヒメという心も容姿も美しい女神を愛し、やがて彼女は身ごもった。臨月になると彼女はオオクニヌシに会いに行く。けれども正妻のスセリビメの立場を慮《おもんぱか》って、会わずに引き返したという。その途中で産気づき、やがて玉のような御子《みこ》が生まれた。そこで三つの井戸（生井《いくい》、福井《さくい》、綱長井《つながい》）を順次に掘って、御子を産湯させてから木の俣《また》に預け、因幡《いなば》へ帰った。これにより御子をキノマタノ神（木俣神）、またはミイノ神（御井神）というようになり、安産と水の守護神として信仰されているという。つまり、御井神社やミイノ神の「御井」は、井戸・泉の美称である「御井」からきているのである。

この御井神社の境外摂社《けいがいせつしゃ》の「実巽神社《じっそんじんじゃ》」に、キノマタノ神の母神、ヤカミヒメが祭られている。

＊

キノマタノ神（ミイノ神）を祭る神社はほかにもあります。三重県多気町の津田神社、滋賀県栗東市の五百井《いおのい》神社《じんじゃ》、岐阜県飛騨市の気多《けた》若宮神社《わかみやじんじゃ》、京都府亀岡市の大井神社などです。

境外摂社は、神社の敷地外（境外）にある摂社のことです。

2 繁栄する「葦原《あしはら》の中《なか》つ国《くに》」

1 オオクニヌシとスセリビメ

気性が激しく嫉妬深いスセリビメ（須勢理毘売）にオオクニヌシノ神（大国主神）は手を焼くのだが、一瞬にして恋に落ちた相手である。また、岳父《がくふ》・スサノオノ命《みこと》（須佐之男命）の過酷な試練を乗り越えることができたのは、彼女の助けがあったからこそである。それだけに、いとしくて可愛い。

ある日、こんなことがある。オオクニヌシはいっとき、嫉妬深いスセリビメから離れ、大和《やまと》（奈良県全域）へ旅立つ決心をする。

それを知ってスセリビメは、オオクニヌシが大和で若い娘を口説くのではないかと案じ、子どものようにすねて、泣くそぶりを見せる。その様子に、出かけようとしていたオオクニヌシは、こんな内容の歌を詠《よ》む。いとしい我が妻よ。泣くな。めそめそするな。寂しいだろうが、心配するな。おまえは美しい。一番いとしいのはおまえだ——。

これを聞いたスセリビメは手早く酒の支度をする。そして馬に乗って出かけようとするオオクニヌシに寄り添って酒杯を捧げ、こんな内容の歌を返す。あなたには行く先々に若草のような娘（側女《そばめ》）がおりましょうが、私にはあなたの他におりません。さあ、柔らかな夜具の下で、淡雪のように白い私の若々しい胸をまさぐってくださいな。さあ、御酒《ごしゅ》を召し上がってくださいな——。

この一途な思いの、スセリビメの歌を聞くと、オオクニヌシは馬の鐙《あぶみ》に足をかけようとしていたのだが、そそくさと家の中へ戻った。そしてスセリビメと酒を酌《く》み交《か》わし、互いのうなじに手をかけあい、高まる感情をぶつけあうように倒れ込んで睦《むつ》み合う——。

言葉には言霊《ことだま》（言葉にあると信じられた呪力《じゅりょく》）があると信じられ、それを期待して歌を歌ったり、詠んだりする。スセリビメもその呪力を期待して、とっさに愛撫をねだる歌を詠んだのだろう。

オオクニヌシにとっては、やはりいとしくて可愛い妻なのである。

＊

『古事記』によると、オオクニヌシは五つの名を持っています。①オオナムチ（大己貴＝大穴牟遅）、②アシハラシコオ（葦原色許男＝葦原醜男）、③オオクニヌシ（大国主）、④ヤチホコ（八千矛）、⑤ウツシクニタマ（宇都志国玉＝現国玉）の五つです。

ヤチホコの名は、ヤカミヒメがスセリビメの嫉妬にひるんで里へ帰ってしまったあと、寂しさから口説いたヌナカワヒメ（沼河比売）をはじめ、その後の五人の娘との情交にいたる段で使われています。

②海から来る相棒

ある日のこと――。
オオクニヌシが出雲《いずも》の美保関《みほせき》の岬に立って海を眺めていると、沖合から小さい船がこぎよって来る。その中にとても小さい神が乗っていた。その神は、高天原《たかまのはら》（天上界）にいるカムムスヒノ神（神産巣日神）の子で、スクナビコナノ神（少名毘古那神）とわかる。

カムスヒといえば、オオクニヌシの命《いのち》の恩人である。兄たち（八十神《やそがみ》）の謀略にかかって殺されたとき、母神がすがって、生き返らせてくれた地上界の創造神だ。

カムスヒによれば、スクナビコナはカムスヒの手の指の間から漏《こぼ》れ落ちた。そのとき、スクナビコナにこう言ったという。「アシハラシコオノ命《みこと》（オオクニヌシ）と兄弟となって、一緒に国づくりをしなさい」

それゆえオオクニヌシはスクナビコナを相棒として、国づくりに励み出す。

けれどもスクナビコナは途中で突然、自分の役目はここまでだと言い出し、海の彼方の常世国《とこよのくに》へ帰ってしまう。

（なんて、ことだ……）

オオクニヌシはこれから先、どうしたらいいのかわからなくなり、悩んだあげく再び海に突き出た半島の岬にたたずんだ。すると海原を照らしながら近寄ってくるまばゆいばかりの光が見える。

（むむ……あれはッ）

新しい神の出現であった。その神はこう言う。

「私の御魂《みたま》を丁重に祭るならば、おまえに協力して国づくりをしてやろう。祭るのを怠《おこた》れば、この国はうまく治まるまい」

だから、大和国《やまとのくに》を青垣のように囲む山々の、東の山の上に、私の御魂を、身を清めて祭るがよい――。

その言葉に従って、この神を大和国の御諸山《みもろやま》（三輪山）に祭ると、これまで葦《あし》ばかりが生える大地にすぎなかった地上（葦原《あしはら》の中《なか》つ国《くに》）は、出雲《いずも》を中心として豊かな瑞《みず》穂《ほ》の実る国土となり、よく治まり繁栄していくのである。

＊

スクナビコナは、『日本書紀』によれば穀霊的性格が強い神で、病気を治す方法や虫や鳥獣の災いを除《よ》けるまじないの方法を教えてくれたそうで、オオクニヌシとともに医業・温泉・酒造の神として信仰されます。

また、海の彼方からやって来たオオモノヌシノ神（大物主神）は、オオクニヌシ（オオナムチ）にこんなことを言います。

「私はあなたの幸魂奇魂《さきみたまくしみたま》です」

幸魂（幸御魂とも）は、人に幸福を与える神の霊魂。奇魂（奇御魂とも）は、霊妙な力をもった神霊（魂）のこと。つまり、オオモノヌシはオオナムチと同神化されていますが、本来は別神であったといわれます。

『古事記』では、オオモノヌシは初代神武《じんむ》天皇の妃《きさき》・イスケヨリヒメ（伊須気余理比売）の父とされています。

常世国《とこよのくに》は、海の彼方にあって、永遠の命《いのち》が続くとされる国です。

＊

さて、御諸山（三輪山）に祭ったという神、オオモノヌシは、『古事記』ではオオクニヌシの協力者とされているが、『日本書紀』では同神化されている。そのオオモノヌシを祭神《さいじん》とする神社がある。奈良県桜井市の「大神神社《おおみわじんじゃ》」や、奈良県天理市の「大和神社《おおやまとじんじゃ》」などである。

「大神神社《おおみわじんじゃ》」

奈良県桜井市三輪にある大神神社は、日本最古の起源をもつ神社の一つで、大和国《やまとのくに》の一の宮である。古来、農耕に関係の深い水を支配する神として信仰を集めた。山容が秀麗な三輪山《みわやま》に対する信仰から生まれたものだと言われる。

ご神体《しんたい》を納めた「本殿」というものをもたず、拝殿から三輪山自体を仰ぎ見て、三輪山に鎮《しず》まる神を遥拝《ようはい》する。自然を崇拝するアニミズムの特色が認められるため、三輪山信仰は縄文か弥生時代にまでさかのぼると想像される。

祭神《さいじん》は、大物主大神《おおものぬしのおおかみ》と表記されている。また、大己貴神《おおなむちのかみ》（大国主神）・少彦名神《すくなびこなのかみ》（少名彦名神）が配祀《はいし》されている。

オオモノヌシは蛇体の神と考えられ、水神《すいじん》または雷神《らいじん》としての性格を併せ持ち、稲作豊穣・疫病除《よ》け・酒造りの神として信仰されている。また、祟《たた》りをなす強力な神（霊異なる神）として恐れられてもいる。

拝殿奥にある三《み》ツ鳥居《とりい》——鳥居の様式の一つで三輪鳥居《みわとりい》ともいわれ、一つの明神鳥居《みょうじんとりい》の両脇に小規模な二つの鳥居を組み合わせた、特異な形式のものを設けている。

この三ツ鳥居の奥、瑞垣《みずがき》に囲まれた場所は禁足地、立ち入り禁止である。

この禁足地は斎戒《さいかい》を経た神職が、新年の繞道祭《にょうどうさい》（ご神火祭《しんかさい》りとも）にあたって、忌《い》み火《び》を鑽《き》るときにしか立ち入れない。斎戒は、祭祀を行なう者が心身を清浄にすること。繞道祭は、氏子の若者が二本の大きな松明《たいまつ》を担いで三輪山麓の十八の摂社を巡拝する祭事のこと。忌み火は、火鑽りでおこした清浄な火のことで、供物の煮炊きなど、神事に用いるもの。火鑽りは、よく乾燥したスギなどを台木（火鑽《ひき》り臼《うす》）とし、そこに木の棒を当てて激しくもみ合わせ、火をおこすことである。

当社は、平日でも玉砂利を踏んで拝殿に向かう人が途切れることなく、月次祭《つきなみのまつり》（お一日《ついたち》の祭り）ともなれば、参道は参拝者で溢れ返るという。

毎年十一月十四日には、醸造安全祈願祭（酒祭り）も行なわれている。

「大和神社《おおやまとじんじゃ》」

奈良県天理市新泉町にある大和神社は、旧称を朝和之宮《あさわのみや》という。

祭神《さいじん》は、日本《やまと》（倭・大和とも）大国魂大神《おおくにたまのおおかみ》・八千戈大神《やちほこのおおかみ》・御年大神《みとしのおおかみ》と表記されている。

日本大国魂大神と御年大神は、スサノオの子のオオトシノ神（大年神）の子で、スサノオの孫にあたる。

八千戈大神は、オオクニヌシの別名である。『古事記』ではオオモノヌシはオオクニヌシの協力者だが、前にも述べたように『日本書紀』では両神は同神化されている。したがってここにも、オオモノヌシが祭られていると言える。これらスサノオの孫にあたる祭神は、崇神《すじん》天皇（古事記・日本書紀所伝の第十代天皇）の時代、宮中から移して祭ったと伝えられる。

四月一日に例祭の神幸祭《しんこうさい》、通称「ちゃんちゃん祭り」が行なわれる。これは神霊《しんれい》（祭神）が本社から他所へ移る渡御《とぎょ》であり、お渡りの行程は約一・五キロメートル、その行列は二〇〇メートルにも及ぶという。太鼓の代わりに鉦鼓《しょうこ》（青銅製の丸い鉦）を行列の先頭で打ち鳴らすのだが、その音が「チャンチャン」と聞こえることからこの呼び名がついたそうだ。また、秋祭りには豊作を祈願して雨乞いの踊りが奉納される。これらの祭り以外にも、当社では氏子が守り続けている祭りをいくつも執り行なっている。

ちなみに、やまとの「やま」は本来、三輪山《みわやま》を指すという。だから「やまと」と称されたのは、三輪山を仰ぐ山辺《やまのべ》の道《みち》に沿った桜井市を中心とする地域のようだ。それがやがて奈良盆地全体を指すようになり、律令制下では国名「大和（奈良県）」となり、最後に日本全体を指す言葉になったようである。

第四章 オオクニヌシの「国譲り」

1 天孫《てんそん》の「葦原《あしはら》の中《なか》つ国《くに》」奪取作戦

1 アマテラスの宣言

オオクニヌシノ神（大国主神）は、国づくりの途中で突然、スクナビコナノ神（少名毘古那神）に立ち去られ、これから先、どうしたらいいのかと悩んだ。けれども新しい神・オオモノヌシノ神（大物主神）が出現し、そのお告げ通りにしたところ、出雲《いずも》を中心として「葦原《あしはら》の中《なか》つ国《くに》（地上界）」は豊かな瑞穂《みずほ》の実る国土となり、大いに栄えだし、オオクニヌシは国《くに》つ神《かみ》として地上界に君臨する。まさにスサノオノ命《みこと》（須佐之男命）に命じられたことを成し遂げる。

いっぽう国つ神・オオクニヌシの国づくりをじっと観察していたのは高天原《たかまのはら》のアマテラス大御神《おおみかみ》（天照大御神）である。

アマテラスは、弟スサノオの娘婿《むすめむこ》であるオオクニヌシの国づくりの成功を、最初は喜んでいたのだが、そのうちふとこう思う。

(そもそもあそこは……)

父母のイザナキノ神(伊邪那岐神)とイザナミノ神(伊邪那美神)のお二人がつくられたもの。末永く繁栄させるには、統治は国つ神より天《あま》つ神《かみ》が望ましいのではないか——。

こうしてアマテラスは高天原の神々にこう宣言する。

「豊かな瑞穂の実る葦原の中つ国は、私の子であるアメノオシホミミノ命《みこと》(天忍穂耳命)が治める国である」

アメノオシホミミは、スサノオに異心《いしん》(謀反《むほん》の心)があるかどうかで、アマテラスとスサノオが誓約《うけい》をしたさい、スサノオがアマテラスの勾玉《まがたま》の髪飾りをもらい受けて口の中で噛み砕き、ふっと吹き出した息が霧となり、その中から生まれた五皇子の長男で、勾玉の持ち主のアマテラスの子とされた。そのアメノオシホミミが地上界の統治者として天下《あまくだ》ることになる。

けれども事はうまく運ばない。なぜなら、彼は天と地を結ぶ「天《あめ》の浮橋《うきはし》」まで来て足を止め、なにやら地上界が騒々しいのを察知して、引き返してしまうからだ。

地上界では、天《あま》つ神《かみ》が葦原《あしはら》の中《なか》つ国《くに》を統治するために天下《あまくだ》って来ると知って、そうはさせないと、国《くに》つ神《かみ》たちが騒いでいた。

そんな物騒なところへは行けないと、アメノオシホミミは母神のアマテラスに報告、アマテラスはどうしたものかと考え込んでしまう。

さて、天下りを取りやめたアメノオシホミミだが、彼を祭神《さいじん》とする神社がある。滋賀県東近江市の「阿《あ》賀《が》神社《じんじゃ》」や、大分県大分市の「西《さ》寒多《さむた》神社《じんじゃ》」などである。

アメノオシホミミを祭る神社

「阿《あ》賀《が》神社《じんじゃ》」

滋賀県東近江市小脇町にある阿賀神社は、通称「太郎坊宮《たろうぼうぐう》」、「太郎坊阿賀神社」と言い、人々に親しまれている。太郎坊というのは神社を守護している天狗《てんぐ》の名前であるとされている。

当社は、約千四百年前に創始されたと言い伝えられている。

祭神は、正哉吾勝勝速日天忍穂耳尊《まさかあかつかちはやひあめのおしほみみのみこと》と表記されているが、『古事記』に記されているアマテラスの長男、アメノオシホミミノ命《みこと》（正式名称＝正勝吾勝勝速日天忍穂耳命《まさかつあかつかちはやひあめのおしほみみのみこと》）と同一神である。

アメノオシホミミは稲穂の神、農業神として、また勝運の神としても信仰されている。

本殿前にある夫婦岩《めおといわ》は、神の神通力により開かれたという言い伝えがある。古来、悪しき心の持ち主や嘘をついた者が通れば、この岩に挟まれると伝えられ、今でも子どもたちが足早に通り過ぎる姿が見受けられるという。夫婦岩の名前のとおり、夫婦和合や、縁結びのご利益《りやく》もあると言われる。

「西寒多神社《ささむたじんじゃ》」

大分県大分市大字寒田にある西寒多神社は、豊後国《ぶんごのくに》（大分県中部・南部）の一の宮である。

祭神《さいじん》は、西寒多大神《ささむたのおおかみ》と表記されているが、この神はアマテラス・ツクヨミ・アメノオシホミミノの総称だという。

当社は、大分大学から西へ直線距離で一キロメートルほどのところにある。寒田川（通称みそぎ川）のせせらぎを渡って境内に入ると、左手に藤棚が広がっている。毎年ゴールデンウィークのころに「藤まつり」が行なわれ、手入れの行き届いた樹齢四百年の藤を楽しむことができる。六月には蛍《ほたる》も見ることができる。

本殿の右に立つ神庫《じんこ》（宝物殿《ほうもつでん》）は、入母屋《いりもや》の校倉造《あぜくらづく》りで、大分市の文化財に指定されている。

万年橋《まんねんばし》と呼ばれる石造りのアーチ橋（弓形に積み上げた石で造られた橋）が、神社の入り口を流れる寒田川に架かっている。これは大分県の有形文化財に指定されている。主構造がアーチであるだけでなく、路面も緩やかな弧を描く太鼓橋で、路面とアーチとの間の石組が狭いのが特徴と言われる。

＊

アメノオシホミミを祭る神社はほかにもあります。福岡県田川郡の英彦《ひこ》山神宮《さんじんぐう》、京都府宇治市の木幡と五ヶ庄にある許波多神社《こはたじんじゃ》、兵庫県神戸市中央区の二宮神社、高知県香南市の天忍穂別神社《あめのおしほわけじんじゃ》などです。

＊

さて、国《くに》つ神《かみ》が騒いでいる地上界には天下《あまくだ》れないと、アメノオシホミミが途中から引き返して来ると、母神のアマテラスは弱り果てて、とうとう高天原《たかまのはら》の神々に相談することになる。

② 身内の不始末

地上界に誰を派遣し、平定させるのが適切かと、高天原の神々に相談したところ、「アメノホヒノ命《みこと》（天菩比命）が良いでしょう」と、知恵者で知られるオモイカネノ神（思金神）が進言する。アメノホヒもアマテラスの子で、五皇子のうちの二男にあたる。アマテラスはオモイカネの進言を受け入れる。

こうしてアメノホヒは天下《あまくだ》ったのだが――。

天下ったもののアメノホヒは三年たっても高天原《たかまのはら》に何の報告もしてこなかった。国《くに》つ神《かみ》のオオクニヌシに懐柔《かいじゅう》され、安楽な生活にひたっていたからだ。

息子たちの嘆かわしい有り様に地団駄を踏む思いであったにちがいないアマテラスは再度、オモイカネに相談した結果、今度はアマツクニタマノ神（天津国玉神）の子であるアメノワカヒコ（天若日子）を派遣することとなった。

このアメノワカヒコに、アマテラスは聖なる弓と矢を贈り、国つ神を武力で威嚇《いかく》してもよいという内々の命令を下す。

けれどもアメノワカヒコも、オオクニヌシの娘、シタテルヒメ（下照比売）を差し出されると、その色香に心を奪われて欲望の虜《とりこ》となってしまう。彼は八年たっても何の報告もしてこなかった。

思案に余ったアマテラスに、雉《きじ》のナキメ（鳴女）を様子見に使わすことをオモイカネが提案する。ナキメは、鳴きしゃべるのが得意な雉の女神《めがみ》である。

ナキメは地上に降りると、アメノワカヒコに八年も何をしているのか、任務を遂行せよと、うるさく鳴いて伝える。けれどもアメノワカヒコはアマテラスに贈られた弓矢でナキメを射殺《いころ》してしまう。ナキメを貫通したその矢は、さらに高天原にまで飛んで行き、天つ神たちの目に留《と》まった。

（こ、これは……ッ）

血のついた矢を見たアマテラスは、アメノワカヒコの謀反《むほん》なら、生かしてはおけないと神々を招集、協議の結果――。

タカミムスヒノ神（高御産巣日神）が血のついた矢を高天原の神々に示し、呪的な力を込めてこう唱える。

「この矢が、アメノワカヒコが悪神《あくじん》を射た矢であるなら、アメノワカヒコに当たるな。だが、アメノワカヒコが邪心を抱いているのなら、この矢に当たって死ねッ」

唱え終えるとその矢を弓につがえて地上へ向けて射返《いかえ》した。

（ヒッ……）

矢は、朝の寝床にいたアメノワカヒコの胸を射抜いていた。

＊

オオクニヌシに懐柔されて安楽な生活にはまり、三年たっても何も報告してこないアマテラスの二男、アメノホヒを祭る神社には、京都市伏見区の天穂日命神社《あめのほひのみことじんじゃ》があります。祭神《さいじん》は天穂日大神《あめのほひのおおかみ》と表記されていますが、アメノホヒと同一神です。境内は和歌の名所とされる「石田《いわた》の杜《もり》」とされて、京都市文化財環境保全地区に指定されています。

＊

さて、オオクニヌシの娘、シタテルヒメと、その色香に心を奪われたアメノワカヒコの二人を祭る神社が、奈良県御所《ごせ》市の「高鴨神社《たかかもじんじゃ》」である。

シタテルヒメとアメノワカヒコを祭る神社

「高鴨神社《たかかもじんじゃ》」

奈良県御所市鴨神の金剛山東山麓にある高鴨神社は、京都の賀茂神社（上賀茂神社と下鴨神社）をはじめとする全国のカモ（鴨・賀茂・加茂）神社の本社で、弥生中期前より祭祀《さいし》を行なう日本最古の神社の一つだと言われる。

本殿は三間社流造《さんげんしゃながれづく》りで、国の重要文化財に指定されている。三間社は、神社本殿の母屋正面の柱間《はしらま》（柱と柱の間の空間）が三つある形式のものである。

主祭神《しゅさいじん》は、阿治須岐高日子根命《あじすきたかひこねのみこと》（別名、迦毛之大御神《かものおおみかみ》）と表記されている。

このアヂスキタカヒコネ（アヂシキタカヒコネとも）は、オオクニヌシノ神（大国主神）の子である。母は宗像三女神《むなかたさんじょじん》の一人、タキリビメノ命《みこと》（多紀理毘売命）。神名の「スキ（シキ）」は鋤《すき》のことで、鋤を神格化した農耕神であると言われる。したがって農業神として信仰されているようだ。

シタテルヒメとアメノワカヒコの二人は主祭神ではなく、事代主命《ことしろぬしのみこと》などとともに配《はい》祀《し》されている。すなわち、主祭神と縁故のある神として祭られているのである。表記は、下照姫命《したてるひめのみこと》・天稚彦命《あめのわかひこのみこと》である。

『古事記』では、アメノワカヒコノ命《みこと》は、天若日子と記されている。アヂスキタカヒコネノ命《みこと》は、アヂスキタカヒコネノ神（阿遅鉏高日子根神・阿遅志貴高日子根神・阿治志貴高日子根神）と記されている。シタテルヒメ（別名、高比売《たかひめ》・下光比売《したてるひめ》）は、主祭神のアヂスキタカヒコネの同母妹で、アメノワカヒコノ命《みこと》はシタテルヒメの夫である。

『延喜式《えんぎしき》』の「神名帳《じんみょうちょう》」（神社の登録台帳）の注釈書である『特選神名牒《ちょう》』では、阿《あ》治須岐高彦根命《じすきたかひこねのみこと》と多紀理比売命《たきりひめのみこと》を祭神としているという。つまり、古くは母神（タキリビメ）とその御子《みこ》（アヂスキタカヒコネ）の二人を祭っていたが、のちに神話の影響を受けてシタテルヒメとその夫とされたアメノワカヒコが加えられたらしい。けれども主祭神《しゆさいじん》以外の祭神については異説が多く、また不詳とする説もあるというので、はっきりしたことはわからない。

ところで、主祭神のアヂスキタカヒコネの別名、カモノ大御神《おおみかみ》の「カモ」は、「カミ」と同源であり「カモす」という言葉から派生、「気」が放出しているさまを表わしており、また当社の神域は鉱脈の上にあることも重なって多くの「神気《しんき》」、すなわち「不思議な雲気《うんき》」が出ていると言われる。夏場に参拝すると涼しく感じられるらしい。「気」は身体によく、そのせいか当地は長寿の方が多いようだ。

また、当地は日本サクラソウの名所で、その種類の多さには定評がある。四月中旬から五月初旬にかけて四百種二千鉢以上の日本サクラソウが咲き誇り、その眺めは圧巻と言われる。

＊

シタテルヒメとアメノワカヒコを祭る神社はこのほかにも島根県松江市雑賀《さいか》町の「賣豆紀《めつき》（めづきとも）神社《じんじや》」や、大阪市東成区の「比売許曽神社《ひめこそじんじや》」などがあります。

事代主命《ことしろぬしのみこと》（＝事代主神）は、オオクニヌシの子ですが、後述するように葦原《あしはら》の中《なか》つ国《くに》を天《あま》つ神《かみ》に差し出すよう父にすすめます。

③ タケミカヅチの登場

オオクニヌシの娘であるシタテルヒメの色香《いろか》にはまり、乱心したかのように高天原《たかまのはら》からの使者であるナキメを射殺《いころ》したために射返《いかえ》されて死んだアメノワカヒコだが、その妻のシタテルヒメにしてみれば、アメノワカヒコは自分を好いて身も心も捧げてくれた大事な夫である。その死に、大泣きに泣く。

このアメノワカヒコの死によって地上と高天原との関係は悪化するが、高天原では次に誰を派遣するかと思案が巡らされていた。

知恵者のオモイカネノ神（思金神）と多くの天つ神の意見が一致したのが、イツノオハバリノ神（伊都之尾羽張神）か、その息子タケミカヅチノオノ神（建御雷之男神）の派遣である。

オハバリは、アマテラスの親神であるイザナキが、妻のイザナミが生んだ火の神・

カグツチノ神（迦具土神）の首を斬った剣、十拳剣《とつかのつるぎ》から生まれた神である。

タケミカヅチは、イザナキがカグツチの首を斬り落としたとき、十拳剣についた血が刃先から飛び散って生まれた三神のうちの一神である。

アマテラスは、オハバリの派遣に同意する。

さっそくオハバリに使いを出すと、オハバリは「自分より息子のタケミカヅチのほうがふさわしい」と進言する。

こうして地上への四人目の派遣者は勇猛で鳴るタケミカヅチと決定し、アメノトリフネノ神（天鳥船神）を同行させることにした。

タケミカヅチの武力は半端ではない。その派遣を知ったオオクニヌシは困惑する。もはや懐柔策《かいじゅう》は通用しない。手なずけることは難しいと、頭を悩ますのである。

2 天《あま》つ神《かみ》と国《くに》つ神《かみ》の抗争

1 迫るタケミカヅチ

オオクニヌシノ神（大国主神）には多くの子どもがいる。正妻のスセリビメ（須勢理毘売）以外に少なくとも五人の娘と情を交わし御子《みこ》をもうけているからだ。中でも特に優れているのはコトシロヌシノ神（事代主神）とその弟のタケミナカタノ神（建御名方神）で、オオクニヌシの自慢の息子である。

高天原《たかまのはら》から出雲《いずも》へ派遣されてくるタケミカヅチは猛々しい雷神《らいじん》であり、刀剣の神でもある。一緒に派遣されてくるアメノトリフネノ神は鳥のように速く走る船の神だ。

その日——。

タケミカヅチとアメノトリフネの二人は、出雲国《いずものくに》の稲佐《いなさ》（伊那佐）の浜辺に降り立った。タケミカヅチは腰に帯《お》びた十拳剣《とつかのつるぎ》を抜いて逆さまにし、波頭《はとう》に刺し立てる。そして、剣の切っ先の上に胡座《あぐら》をかいて座り、オオクニヌシにこう呼びかける。

「アマテラス大御神《おおみかみ》（天照大御神《おおみかみ》）の仰《おお》せである。そなたの統治するこの国はそもそも大御神《おおみかみ》の御子《みこ》が統治すべき国と、いかにッ」

初《しょ》っ端《ぱな》から武力を後《うし》ろ盾《たて》にして「国譲《くにゆず》り」を迫るタケミカヅチ。

このとき、オオクニヌシの自慢の息子、コトシロヌシもタケミナカタも家を留守にしていた。

オオクニヌシは、

「もはや年老いている私は、自分の一存では答えられません。息子のコトシロヌシに返答させたいのですが、今は漁に出向いていて、留守でして」

と、即答を避ける。どんな交渉ごとにおいても即答はすべきでないと、オオクニヌシの経験の力がそういわせたのだろう。

するとタケミカヅチは、

「コトシロヌシを探してここへ連れて来い」

と、アメノトリフネに命じる。

稲佐《いなさ》は、「諾否《いなせ》」の変化したものと言われ、文字通り諾《だく》と否《ひ》の浜辺です。

＊

②オオクニヌシ一家の完敗

素早い動きをするアメノトリフネは、すぐにコトシロヌシを見つけ出し、稲佐（伊那佐）の浜辺へ連れて来た。

オオクニヌシは優れ者のコトシロヌシに期待していたのだろう。コトシロヌシの「事代」は、神の託宣《たくせん》を告げること（者）の意。だから、オオクニヌシはその意見を聞いた。

するとコトシロヌシはあっさりこう言った。

「この国はアマテラス大御神《おおみかみ》の御子に差し上げたらよろしいでしょう」

葦原《あしはら》の中《なか》つ国《くに》の献上を父に勧めたのである。しかも自分は呪術の一つである「天《あま》の逆手《さかで》」という柏手《かしわで》を打ち、乗って来た自分の船を青葉の柴垣《しばがき》に変化させて、その中にこもってしまう。

その様子を見てタケミカヅチは、

「ほかに意見を言う奴はいるか」

と、オオクニヌシに畳み掛けて尋問する。

オオクニヌシが、

「今一人、タケミナカタという息子がおりまして……」

と答えているところへ、天《あま》つ神《かみ》との交渉を聞きつけた当のタケミナカタが大きな岩を手にして現われる。

二人は力比べで勝負を決することになる。

けれどもタケミナカタは投げ飛ばされて、とうとう逃げ出してしまう。そのタケミナカタを、タケミカヅチは信濃《しなの》の諏訪湖《すわこ》にまで追いつめる。追いつめられたタケミナカタはこう言って命乞いをする。「私はこの諏訪の地から絶対に離れません。父の命令にも、兄の言葉にも背《そむ》きません。この葦原《あしはら》の中《なか》つ国《くに》をアマテラス大御神《おおみかみ》の御子《みこ》に差し上げます」

自慢の息子が二人とも「国譲《くにゆず》り」を承諾したので、オオクニヌシにはもはや施《ほどこ》す手だてがない。タケミカヅチにこう言って隠退《いんたい》するのである。

「私にも異存はございません。この葦原の中つ国を天つ神にお譲りいたしましょう。けれどもたった一つお願いが……。私の住まいとして壮大な社《やしろ》をつくっていただきたい。しっかりとした土台石の上に、天まで届くほど高く太い宮柱《みやばしら》（宮殿の柱）を立て、千木《ちぎ》（社《やしろ》の屋根の上に突き出て交差している装飾材）をそびえさせた宮殿をつくっていただきたい。そうして私を祭っていただければ、私は黄泉《よみ》の国《くに》に身を隠すことにいたしましょう。子どもたちもコトシロヌシに従いお仕えいたしますので、アマテラス大御神《おおみかみ》に背くことはありますまい」

国《くに》つ神《かみ》・オオクニヌシ一家の完敗である。

こうして隠退するオオクニヌシを祭る社としてつくられたのが、出雲大社《いずもたいしゃ》なのである。

さて、オオクニヌシ一家を完敗させたタケミカヅチだが、彼を祭神《さいじん》とするのが茨城県鹿嶋市の「鹿島神宮《かしまじんぐう》」や、奈良県奈良市の「春日大社《かすがたいしゃ》」などである。

「鹿島神宮《かしまじんぐう》」

茨城県鹿嶋市にある鹿島神宮は、常陸国《ひたちのくに》（茨城県北東部）の一の宮で、全国にある鹿島神宮の本社である。宮中の四方拝《しほうはい》で遥拝《ようはい》される一社でもある。

また、香取神宮（千葉県香取市）と古くから深い関係にあり、「鹿島・香取」と並び称され、両神宮とも古来、朝廷からの崇敬が深い。その神威《しんい》の背景には、両神宮とも軍神《ぐんしん》（武神《ぶしん》）として信仰されたことにあると言われる。

古代の関東東部には、現在の霞ケ浦《かすみがうら》・印旛沼《いんばぬま》・手賀沼《てがぬま》を含む一帯に、内海《うちうみ》（香取海《かとりのうみ》）が広がっていた。この内海は大和朝廷の蝦夷《えぞ》進出の基地として機能していたという。だから、内海の入り口を支配下におく重要な位置にあった両神宮は、その拠点とされた。両神宮の分霊は朝廷の威を示す神として東北沿岸部の各地に祭られたそうだ。鹿島神宮の社殿が北を向いているのも蝦夷を意識したからだと言われる。

主祭神《しゅさいじん》は、武甕槌大神《たけみかづちのおおかみ》と表記されている。『古事記』に書かれているタケミカヅチと同一神である。

＊

一の宮は、すでに述べたように民間でつけられた社格の一種です。由緒正しく最も信仰のあつい神社で、その国で第一位とされた神社のことです。

四方拝《しほうはい》は、一月一日に行なわれる皇室祭儀です。

遥拝《ようはい》は、遠く離れたところから神仏などをはるかに拝むことです。

「春日大社《かすがたいしゃ》」

奈良県奈良市春日野町にある春日大社（旧称・春日神社）は、全国に一千社はあると言われる春日神社の本社である。

拝殿はない。したがって幣殿《へいでん》（供え物を供えるための建物）の前で初穂料を納めて特別拝観を申し込んだ場合は、本殿前の中門から参拝することになる。

本殿は春日造りで四棟並んで立っている。祭神は、第一殿に武甕槌命《たけみかづちのみこと》、第二殿に経《ふ》津主命《つぬしのみこと》、第三殿に天児屋根命《あめのこやねのみこと》、第四殿に比売神《ひめがみ》（ひめのかみとも）と表記されている。経津主命《ふつぬしのみこと》は、タケミカヅチと同じで、イザナキが我が子・カグツチノ神（迦具土神＝火の神）を斬殺したとき、剣についた血が飛び散って生まれた三神のうちの一神である。天児屋根命《あめのこやねのみこと》（＝天児屋根大神）は、「天の岩屋」騒動のさい、岩屋戸《いわやと》の前で、祝詞《のりと》を声高に唱え出したアメノコヤネノ命《みこと》（天児屋命）と同一神である。比売神《ひめがみ》は天児屋根命の后《きさき》である。

社伝では、七六八（神護景雲二）年に、常陸国鹿島《ひたちのくにかしま》の神・武甕槌命《たけみかづちのみこと》、下総国香取《しもうさのくにかとり》の神・経津主命《ふつぬしのみこと》と河内国枚岡《かわちのくにひらおか》の神・天児屋根命とその后・比売神を併せ、春日の御蓋《みかさ》山《やま》の麓《ふもと》に移し、四つの社殿を造営して祭ったのを創祀としている。この四神が、総称して春日神《かすがのかみ》と呼ばれ、藤原氏の氏神とされる。

けれども、平城遷都（七一〇年）後、藤原不比等が藤原氏の氏神である鹿島神（武甕槌命）を御蓋山《みかさやま》に移して祭り、春日神と称したのが始まりという説がある。実際、近年の境内の発掘調査によると、七六八年以前からこの地で祭祀が行なわれていた可能性が出てきているという。

タケミカヅチは白鹿に乗って来たとされることから、当社では鹿を神の使いとしている。「古都奈良の文化財」の一つとして、ユネスコの世界遺産に登録されている。

三月十三日に行なわれる例祭（春日祭り）は、賀茂神社の葵《あおい》祭り、石清水八幡宮《いわしみずはちまんぐう》の石清水祭りとともに三勅祭《ちょくさい》の一つとされる。勅祭とは、勅命《ちょくめい》（天皇命令）によって行なわれる祭事のことだ。ちなみに勅祭社といえば、天皇が勅使を派遣して、神前に供え物を捧げさせることを行なう神社のこと。現在、賀茂・石清水・春日・氷川・熱田など、十六社ある。勅使は、天皇の意思を直接に伝えるために派遣される使者のことである。

＊

春日造りは、神社本殿形式の一つで、春日大社の本殿が代表例とされます。本殿の妻側《つまがわ》（側面の壁面）に入り口を設けて正面とする建築様式で、棟の両側に流れる二つの斜面からできている山形の屋根（切妻造り《きりづまづくり》）の本殿の前方に庇《ひさし》を延ばし、山形の屋根に反《そ》りをつける様式です。

＊

さて、父神のオオクニヌシに国を差し出すよう勧めた息子のコトシロヌシだが、そのコトシロヌシを祭神《さいじん》とする主な神社に島根県松江市の「美保神社《みほじんじゃ》」がある。

コトシロヌシを祭る神社

「美《み》保《ほ》神社《じんじゃ》」

島根県松江市にある美保神社は、島根半島の東端にある。松江から中海《なかうみ》沿いの道を東へ行くと、小さな美《み》保関《ほのせき》漁港がある。その海のそばに当社はある。石段を上ると本殿が姿を見せる。

祭神《さいじん》は、事代主神《ことしろぬしのかみ》・三穂津姫命《みほつひめのみこと》と表記されている。ミホツヒメは、『日本書紀』にだけ登場するオオクニヌシの妻で、高皇産霊尊《たかみむすひのみこと》の娘である。タカミムスヒノ尊《みこと》は、『古事記』では高御産巣日神《たかみむすひのかみ》と書かれている。

「大社だけでは片詣《かたまい》り」ということばがある。これは、父神のオオクニヌシがいる出雲大社だけお参りするのは、片方（美保神社）に対する配慮が欠けるという意味である。

つまり、オオクニヌシの息子のコトシロヌシがいる美保神社にも参詣すべきだということで、必ず両社を参詣する習わしがあるという。

毎年四月七日に行なわれる「青柴垣神事《あおふしがきしんじ》」と、十二月三日に行なわれる「諸手船神《もろたぶねしん》事《じ》」は、当社の代表的な神事である。

「青柴垣神事」というのは、コトシロヌシがオオクニヌシから国譲《くにゆず》りの相談を受け、譲ることに決定したあと、みずから柴垣をつくって隠れてしまったという故事にちなむ祭りである。日頃は喧噪《けんそう》とはほど遠い港町も、この日は賑《にぎ》わいにつつまれる。町中の家々は竹笹と注連縄《しめなわ》で通りを飾り、神社と、神社の前の美保湾に浮かべられた二艘の船は、赤・黒・白・黄など色とりどりの幟《のぼり》をはためかす。天幕が張られた船の四隅の柱には榊《さかき》の青い枝葉の束（青柴垣）が飾り付けられる。

この船に、前日から神社の隠殿《かくれでん》という一室にこもって物忌《ものい》みして神がかった状態の氏子《うじこ》の頭人《とうにん》（祭礼の世話役）が一人ずつ乗る。船は笛や太鼓の奏でる神楽《かぐら》に引かれるように沖合に出ていき、参拝者は岸で船の戻りを待つ。船は湾内を一周してから戻ってくるが、天幕の中で行なわれている神事の詳細は秘されていて、うかがい知ることはできない。本来は神霊を海から迎えてその意志をうかがう神事であったようだ。

着岸すると一行は下船して神社に向かう。岸で待っていた参拝者は無病息災・大漁祈願のお守りにと、船に飾り付けられた青柴垣を奪い合うようにして持ち帰っていく。

いっぽう「諸手船神事《もろたぶねしんじ》」というのは、二隻の諸手船に昔ながらの水夫《かこ》装束をまとった氏子《うじこ》九人が乗り込んで、対岸まで櫂《かい》で水を掛け合いながら三度にわたって競漕《きょうそう》し、舳先《へさき》に挿《さ》した「マッカ」と呼ばれる飾りを神社に捧げるのを競い合うという神事である。古くは八百穂《いやほ》の祭りとして、陰暦十一月中の午《うま》の日に行なわれていたという。

この神事も国譲《くにゆず》りにちなんだ祭りであり、コトシロヌシが美保関《みほのせき》の沖で釣りをしていたところに、国譲りの可否を問うために送られて来た使者（タケミカヅチとアメノトリフネ）が諸手船に乗ってやって来たという故事を再現しているとされる。

諸手船は、船の両舷《りょうげん》にたくさんの櫂をつけて漕《こ》ぐ船のことだが、美保神社で用いられる諸手船は、古代に使われた刳舟《くりふね》（一本の太い丸太をくり抜いて作った舟＝丸木舟）の一つで、重要有形民俗文化財に指定されている。年に一度、十二月三日の神事以外は、境内に安置されて海に浮かぶことのないこの諸手船は、およそ四十年に一度、造りかえることを旨として受け継がれてきたという。

ところで、コトシロヌシだが、「えびす神」として祭る神社も多い。「えびす」は恵比寿・恵比須・夷・戎・蛭子とも書く。これらは、もともとは「異国の人」、海の彼方からやってくる「客人《まれびと》」という意味である。

じつは、「えびす」は兵庫県の西宮神社（戎神社）の祭神《さいじん》、ヒルコノ大神《おおかみ》（蛭子大神）であるという説がある。蛭子《ひるこ》は、イザナキ・イザナミの国生《くにう》みのさい、最初に生まれた失敗児で、葦の舟に乗せられて海に流し捨てられた子である。その蛭子が西宮の海岸に漂着、人々にヒルコノ命《みこと》として養い育てられた。蛭子は「えびす」とも読むので、のちに「戎大神《えびすおおかみ》」として祭られ、中世以降、「えびす」として尊崇《そうすう》されたという。

そのヒルコはコトシロヌシともいわれるので、えびすに結びついたらしいが、はっきりしたことはわからないようだ。

いずれにしても当社は、祭神が「えびすさま」と結びついたことで商売繁盛・福の神として信仰を集めている。全国各地にある三千以上のえびす社の総本社として、ことに水産・海運にかかわる人たちから敬われ、親しまれている。

*

物忌《ものい》みは、神を迎えるために一定期間、飲食や行為などを慎み、不浄を避けて心身を清浄に保つことです。

「諸手船神事」は、日本人の心のあり方を示すとして関心をよび、日本初のノーベル賞受賞者湯川秀樹博士は、この祭りに二度も立ち会って、町の人に「ここに日本人の原点がある」と感想を伝えたと言われます。

＊

さて、タケミカヅチと力比べをして追いつめられ、命乞いをしたタケミナカタだが、彼を祭る主な神社に長野県諏訪市の「諏訪大社《すわたいしゃ》」がある。

タケミナカタを祭る神社

「諏訪大社《すわたいしゃ》」

長野県の諏訪湖周辺四カ所にある諏訪大社（旧称・諏訪神社）は、北海道から鹿児島まで一万余の分社・分霊があると言われ、全国の諏訪神社の本社である。

通称「お諏訪さま」、「諏訪大明神」とも呼ばれる。上下二社からなる神社で、上社《かみしや》本宮《ほんみや》は諏訪市中洲、上社前宮《まえみや》は茅野《ちの》市宮川にある。また、下社《しもしや》は春宮・秋宮とも諏訪郡下諏訪町にある。

上社は諏訪湖南岸、下社は北岸に位置し、遠く離れているため、実質的には別の神社となっている。なお、「上社・下社」とあるが社格に序列はない。

主祭神《しゆさいじん》は、建御名方神《たけみなかたのかみ》・八坂刀売神《やさかとめのかみ》と表記されている。ヤサカトメノ神はタケミナカタの妃《きさき》である。

創建の年代は不明だが、日本最古の神社の一つといわれるほど古くからある。「関より東の軍神、鹿島、香取、諏訪の宮」と『梁塵秘抄《りようじんひしよう》』に謳《うた》われているように、軍神として、また中世に狩猟神事を行なっていたことから、狩猟・農耕・漁業などの守護神として尊崇《そんすう》される。ちなみに『梁塵秘抄』は十二世紀後半に成立した後白河《ごしらかわ》法皇撰の歌謡集である。

社殿の四隅に御柱《おんばしら》と呼ぶ木柱が立っているほか、社殿の配置にも独特の形を備えている。社殿は多数が重要文化財に指定されている。六年に一度（七年目に一度）、四月～六月にかけて御柱祭《おんばしらまつり》や御神渡《おみわたり》の神事が行なわれる。

さて、「国づくり」をし、その国をアマテラスに譲らざるをえなくなったオオクニヌシとその妻・スセリビメを祭る神社だが、オオクニヌシを祭る最も有名なのは言うまでもなく「出雲大社」である。

スセリビメも、出雲大社の摂社《せっしゃ》（大神大后神社《おおかみおおきさきじんじゃ》）に祭られている。摂社というのは前述したように、本社（この場合は出雲大社）に付属し、そこの祭神《さいじん》（この場合はオオクニヌシ）と縁故の深い神（この場合はスセリビメ）を祭る神社のことだ。

スセリビメはそのほか、福島県いわき市の「國魂神社《くにたまじんじゃ》」、島根県出雲市の「那売佐《なめさ》神社《じんじゃ》」などにも祭られている。

オオクニヌシとスセリビメを祭る神社

「出雲大社《いずもたいしゃ》」

島根県出雲市大社町杵築《きつき》東にある出雲大社は、杵築大社《きづきたいしゃ》ともいう。出雲国の一の宮で、全国の出雲神社の本社である。

タケミカヅチに完敗したオオクニヌシが、国譲《くにゆず》りを承諾したことを喜んだアマテラスは、オオクニヌシの願い通り、その住まいとして壮大な社殿を建てて自分の息子、アメノホヒノ命《みこと》（天菩比命＝天穂日命）を仕えさせた。このアメノホヒは、アマテラスとスサノオが誓約《うけい》で神生《かみう》みを競ったさいに生まれた御子《みこ》の一人で、国譲りの交渉役として地上へ派遣されたが、オオクニヌシに懐柔《かいじゅう》され、三年たっても高天原《たかまのはら》に何の報告もしてこなかった息子である。そのアメノホヒを大社に、すなわちオオクニヌシに、奉仕するよう命じたのである。その子孫は代々、出雲 国 造《いずものくにのみやつこ》として大社に奉仕し、中世以降は千家・北島両家に分かれたという。

本殿の祭神は、大國主大神《おおくにぬしのおおかみ》と表記されている。ほかに天之御中主神《あめのみなかぬしのかみ》・高皇産霊神《たかみむすひのかみ》など五神が配祀《はいし》されている。

本殿は国宝に指定され、社殿二十一棟と鳥居一基は国の重要文化財に指定されている。六十年ぶりに本殿を新たにする大遷宮が、二〇一三（平成二十五）年に行なわれた。

本殿をつつむかのようにそびえる八雲山《やくもやま》を背景にした大社の姿はたくましい生命力を感じさせ、見るものに感動を与えると言われる。

建築様式は大社造りといい、古代神社建築様式の代表的なものだ。高さ約二十四メートルに及ぶが、古くはもっと大きかったと伝えられている。

当社で行なわれる祭祀《さいし》は年間七十二度に及ぶという。勅使《ちょくし》が出向く例祭のほか、地元で「真菰神事《まこもしんじ》」と呼ばれる「涼殿祭《すずみどののまつり》」が、毎年六月一日に行なわれる。これは、境内の東にある「出雲の森」から銅の鳥居横の「御手洗井《みてあらいい》」と呼ばれる井戸までの道筋に立砂《たてずな》が盛られ、真菰《まこも》（イネ科の大形多年草）が敷かれる。その真菰の上を、御幣《ごへい》（お祓《はら》いに使う細長い木に白紙を切って挟んだもの）を持った神官が歩くと、氏子《うじこ》はじめ参拝者が競って真菰をもらい受けて自宅に持ち帰る。この真菰は、悪い病気や害虫を退《しりぞ》ける「しるし」としての信仰があるからだ。この神事を区切りとして、衣更《ころもが》えが行なわれるという。

また、由緒が古く、学者にも注目されながら、明確な説明がつけられない「身逃神事《みにげのしんじ》」（身逃れ神事とも）という祭りもある。これは八月十四日に行なわれる神事で、神官の長が社家《しやけ》を出て他の社家に泊まる。そして翌日、抜穂予祝行事《ぬきほよしゆく》（爪剥神事《つまむきしんじ》）が行なわれる。抜穂は、神に供えるための稲の穂を斎田《さいでん》から抜き取ること。斎田は神々に供える米を栽培する田のこと。予祝は、前もって豊穣を祝い、願うことだ。

さらに旧暦の十月十五日から二十六日までの間は、全国の神々が出雲大社に集まるといわれ、そのため十月を神無月《かんなづき》というのだが、出雲では神在月《かみありづき》といい、「神存祭《かみありさい》」

天つ神がオオクニヌシに「国譲り」を迫った
稲佐の浜（島根県）

オオクニヌシの像
（島根県／出雲大社）

大しめ縄と拝殿
（島根県／出雲大社）

当社では、毎年十月の第二日曜日に「どぶろく祭り（粕掴神事）を行なっている。この神事は、戦国時代、ときの領主が戦《いくさ》に勝ち、敵の首級の代わりに鮭を神前に捧げ、その肉をどぶろくの粕《かす》の中にまじえ、神前に供えたのち、これを村人が争い取って、それを肴《さかな》に社殿で神酒《みき》を呑み、共に勝ち戦を祝ったことから始まったという。例祭にはどぶろくが醸造され、振る舞われる。

⛩「那売佐神社《なめさじんじゃ》」

島根県出雲市の那売佐神社（＝那賣佐神社）は、神西湖《じんざいこ》の南東にある高倉山の麓にある。

主祭神は、葦原醜男命《あしはらのしこおのみこと》・須勢理姫命《すせりびめのみこと》と表記されている。

アシハラノシコオノ命《みこと》は、オオクニヌシがまだオオナムチと呼ばれていた頃、スサノオのいる根《ね》の堅州国《かたすくに》へ逃げ込んだとき、スサノオが口にした「アシハラノシコオ（葦原色許男＝葦原醜男）」と同一神である。当地では、スセリビメは高倉山がある里の、岩坪《いわつぼ》で生誕したと伝えられているそうだ。

『出雲国風土記《いずものくにふどき》』では、二人が仲睦まじく岩坪の宮殿で暮らしていたある日、社前の渓流が岩苔《いわごけ》の上をなめらかに流れているのを見て、「滑《なめ》し盤石《いわ》なるかも」と言った「なめしいわ」が「なめさ」となり、この地方の「滑狭郷《なめさのさと》」の由来となったと言われている。

そのほか岡山県岡山市の「総社宮《そうじゃぐう》」でも、オオクニヌシとスセリビメを祭神《さいじん》としているが、表記は大己貴命《おおなむちのみこと》・須勢理毘売命《すせりびめのみこと》である。

古代においては、国司は各国内のすべての神社を一の宮から順に巡拝していた。その巡拝を効率的に行なうために、各国の国府《こくふ》（諸国に置かれた政庁）の近くに国内の神を合祀《ごうし》する「総社《そうしゃ》（そうじゃとも）」を設け、まとめて祭祀を行なうようになったという。備前国《びぜんのくに》（岡山県南東部）の総社にあたるのが、この「総社宮」である。

それはさておき、オオクニヌシとスサノオの娘・スセリビメはほとんど一緒に祭られ、いずれも縁結びの神や福の神、また農耕の神として信仰されているのである。

第五章

天孫降臨と同伴の神々

1 アマテラスの孫・ニニギの天下りと初恋

1 サルタビコの出現

国《くに》つ神《かみ》・オオクニヌシノ神（大国主神）一家を武力でもって帰順させ、「国譲《くにゆず》り」を成功させた天《あま》つ神《かみ》・タケミカヅチノオノ神（建御雷之男神）は、さっそく高天原《たかまのはら》に帰ってアマテラス大御神《おおみかみ》（天照大御神）に復命《ふくめい》した。復命は、命令を受けて行なった事柄の経過や結末を報告することだ。

アマテラスはタケミカヅチの報告を聞いて喜び、ただちに我が子・アメノオシホミミノ命《みこと》（天忍穂耳命）を、葦原《あしはら》の中《なか》つ国《くに》の統治司令官に任命する。アメノオシホミミは、アマテラスとスサノオが誓約《うけい》をして神生《かみう》みを競ったさい、最初に生まれた子で、いわばアマテラスの長男である。

けれどもアメノオシホミミは統治司令官として天下《あまくだ》らない。アマテラスにこう建言《けんげん》し、了承されるからだ。

「天下りの準備中に子どもが生まれましたので、その子ニニギノ命《みこと》（邇邇芸命）を行かせましょう」

こうして生命力にあふれる生まれたてのニニギ、すなわちアマテラスの孫が統治司令官として地上へ降りることになる。

さて、孫の天下りを前にしてアマテラスが地上を眺めやると——。

天下る道の途中の辻に、立ちはだかる一人の神がいる。その身は光り輝き、上は高天原、下は葦原の中つ国を照らしている。

（はて、あれは……）

アマテラスは不審に思ってアメノウズメノ命《みこと》（天宇受売命）を呼ぶと、なぜ道を塞《ふさ》ぐようにして立っているのか聞いてくるよう命じ、こう言う。「あなたは向き合った神に対して少しも恐れない勇気を持つ神なのだから、一人で行きなさい」

アメノウズメは「天の岩屋」騒動のさい、女だてらに裸踊りをして見せ、男神《おがみ》たちから喝采《かっさい》を浴びた女神《めがみ》である。

アメノウズメは言われたとおり一人で降りて行き、道に立ちはだかる神に問うたところ、サルタビコ（猿田毘古）という名の国《くに》つ神《かみ》で、天《あま》つ神《かみ》が天下《あまくだ》りすると聞いたので道案内にやってきたということがわかる。

アマテラスはアメノウズメの報告を聞いて安堵《あんど》し、ただちにニニギを地上へ向かわせることにする。

2 高天原《たかまのはら》から高千穂《たかちほ》の峰《みね》へ

アマテラスは、天下るニニギの配下として、アメノコヤネノ命《みこと》（天児屋命）のほか四部族の天つ神を、また知恵者で知られるオモイカネノ神（思金神）やアメノウズメなど力のある神々をニニギの腹心として同行させる。このとき、アマテラスは彼らに三種《さんしゅ》の神器《じんぎ》（八《や》咫鏡《たのかがみ》・八《や》尺瓊《さかに》の勾玉《まがたま》・草薙《くさなぎ》の剣《つるぎ》）を預ける。

こうしてニニギを統治司令官とする天孫《てんそん》の面々は高天原から地上へと降りてゆく。一行の先導役は国つ神のサルタビコである。

ニニギの一行が降り立ったのは、日向《ひゅうが》（宮崎県。南九州一帯とも）の高千穂の峰である。ここに太い宮柱《みやばしら》を打ち立てて、天空高く千木《ちぎ》をそびえさせた日向宮《ひゅうがのみや》をつくる。この宮殿を住まいとしてニニギは成長していく。

一行を先導したサルタビコは、あるとき故郷に帰りたいと願いでる。その故郷は伊《い》勢国《せのくに》（三重県北部）の五十鈴川《いすずがわ》の川上だという。そこへサルタビコを送るよう、ニニギはアメノウズメに命じる。

また、辻に立つ不審な神と思われたサルタビコに一人で立ち向かったアメノウズメに、サルタビコの名を名乗り、代々伝えるよう命じる。名前をもらうというのは、その相手の力を得ることにつながると信じられている。アメノウズメはサルタビコの力も身につけ、いっそう勇気ある只者《ただもの》ではない女神、サルメノキミ（猿女君）と呼ばれるようになる。

＊

千木《ちぎ》は、屋根の棟の両端に突き出て交差した長い二本の装飾材のことです。

＊

さて、天つ神・ニニギ一行の先導役を務めた国つ神・サルタビコを祭神《さいじん》とするのが、三重県伊勢市の「猿田彦神社《さるたひこじんじゃ》」や、同県鈴鹿市の「椿大神社《つばきおおかみやしろ》」、また島根県松江市鹿島町の「佐太神社《さだじんじゃ》」などである。

サルタビコを祭る神社

⛩「猿田彦神社《さるたひこじんじゃ》」

三重県伊勢市にある猿田彦神社は、伊勢神宮の内宮《ないくう》の近くにある。

祭神《さいじん》は、猿田彦大神《さるたひこおおかみ》とその子孫・大田命《おおたのみこと》と表記されているが、猿田彦大神は、『古事記』のサルタビコ（猿田毘古）と同一神である。サルタビコは、『日本書紀』では猿田彦命《みこと》（サルタヒコノ命）と書かれているが、『古事記』では猿田毘古大神・猿田毘古之男神などと表記されている。

サルタビコがニニギ一行の先導役をしたことから、交通安全・方位除《よ》けの神などとして信仰を集めている。本殿は「さだひこ造り」と呼ばれる特殊な造りで、欄干《らんかん》や鳥居には八角形の柱が使用されている。

五月五日に行なわれる御田祭《おたまつり》は、三重県の無形民俗文化財に指定されていて、神への供え物として飛魚《とびうお》を献上する風習があるという。ちなみに御田は、「おた」のほか、みた・おみた・おんた・おんだ・おでんなどとも読み、寺社や皇室などが所有する田のことだが、その田で行なわれる行事（稲の豊作を祈願する神事芸能＝田遊び）もさす。

また、境内には天下《あまくだ》りのさいサルタビコに一人で応対した女神《めがみ》、アメノウズメを祭る佐瑠女神社《さるめじんじゃ》が、当社の本殿に向かい合うように建っていて、芸能の神として信仰されている。

「椿大神社《つばきおおかみやしろ》」

三重県鈴鹿市にある椿大神社は、猿田彦大本宮《さるたひこだいほんぐう》とも呼ばれ、猿田彦大神を祭る神社の本社とされる。

社名に「椿」がつくのは近隣に椿が多いからだと言われる。

主祭神は、猿田彦大神と表記されている。相殿《あいどの》に瓊々杵尊《ににぎのみこと》などが祭られ、また天之《あめの》

鈿女命《うずめのみこと》と木花 咲耶姫命《このはなのさくやひめのみこと》が配祀《はいし》されている。

社伝によれば、猿田彦大神《さるたひこおおかみ》の末裔《まつえい》は修験道《しゅげんどう》の開祖で、役行者《えんのぎょうじゃ》を導いたとのことで、中世には修験神道《しんとう》の中心地となった。なお、現在の宮司は修験道開祖の末裔《まつえい》であるという。

東名阪自動車道・鈴鹿ＩＣ近くには赤く塗られた神明鳥居《しんめいとりい》が道を跨《また》いでいる。この鳥居は神明造りの神社に多く用いられるのでこう言う。柱・笠木《かさぎ》・貫《ぬき》から成り、笠木に反《そ》りがなく、柱は垂直、貫の両端は柱の外には出ない。靖国神社の鳥居がその例である。笠木というのは、鳥居の上縁《じょうえん》に、横に渡す木のことで、貫は柱と柱をつらぬいて横につなぐ材（ぬきぎ）のことである。

この鳥居をくぐって高い木々に囲まれた社《やしろ》へ向かうと、参道の奥に御船磐座《みふねいわくら》がある。これはサルタビコがニニギの一行を地上へ先導するさい、神々が乗る船をつないだ場所といわれる。磐座《いわくら》は神の御座所のことだが、自然の巨石をさす場合が多い。

＊

相殿《あいどの》は、同じ社殿に二柱《ふたはしら》以上の神を合祀《ごうし》することです。

配祀《はいし》は、主祭神《しゅさいじん》にそえて、その神と縁故のある他の神を祭ることです。

神明造《しんめいづく》りは、神社の本殿様式の一つ。屋根は茅葺《かやぶ》き、棟の両側に流れる二つの斜面からできている山形の屋根（切妻造《きりづまづく》り）で、反《そ》りがありません。屋根にある合掌形の装飾板（破風板《はふいた》）が屋根を貫いて千木《ちぎ》（屋根の棟の両端に突き出て交差した長い二本の装飾材）となり、また棟の上には鰹木《かつおぎ》（棟木の上に棟と直交させて並べた装飾の短材）を置きます。平入《ひらい》り（建物の大棟に平行な側に正面入り口があること）で、正面中央に扉があり、四面に高欄を設けます。この代表例が伊勢神宮の正殿です。

「佐太神社《さだじんじゃ》」

島根県松江市鹿島町にある佐太神社は静かな山間《やまあい》の里にある。この地方は出雲《いずも》でも最も早い時期から人が住み着いたと考えられている。というのも縄文時代前期の貝塚が出土しているからだ。

社殿は、勇壮な大社造りの本殿三殿（正中殿・北殿・南殿）が並んだ特異な形式であり、つごう十二柱が祭られている。それぞれの主祭神は、正中殿が佐太大神《さだおおかみ》、北殿が天照大神《あまてらすおおみかみ》、南殿が素盞嗚尊《すさのおのみこと》と表記されている。

八世紀前半に完成した『出雲国風土記《いずものくにふどき》』には、「佐太御子社」と記され、「佐太大神」が登場している。十世紀前半に完成した『延喜式《えんぎしき》』の「神名帳《じんみょうちょう》」（神社の登録台帳）には、「佐陀神社」と記されている。さらに中世に入ると「佐陀大明神」とか「佐陀大社」とか「佐陀三社大明神」などと呼ばれるようになり、明治に入って現在の「佐太神社」に改称されたという。

つまり、もともとは佐太大神《さだおおかみ》だけを祭る神社であったのだが、時の経過とともに神社の所在地も祭神《さいじん》も、少しずつ変わっていったようだ。ちなみに、神名の「サダ」の意味には「狭田（狭く細長い水田）」という説と、「岬」のような場所という説とがある。

こんな話もある。明治維新のとき、神祇官《じんぎかん》の命を受けた松江藩から平田篤胤《ひらたあつたね》の『古史伝』の説に従って祭神を猿田彦命と明示するよう指示された。だが、神社側はそれを拒んだ。折衝の末、「佐太御子大神《さだみこのおおかみ》」と明示することとなった――。

この佐太御子大神は『出雲国風土記』に登場する佐太大神と同じと考えられているという。

現在において当社は、その佐太大神は猿田彦大神と同一神としている。それで導きの神として人々の信仰を集めている。

一年を通じてさまざまな祭祀を執り行なっているが、なかでも重要なのが十一月、全国から集まるという八百万《やおよろず》の神々を迎えて行なう「神在祭《かみありさい》（じんざいさいとも）」だ。二十日から二十五日まで様々な古式ゆかしい神事が執り行なわれる。この間、当社は全国から集まる神々の宿となる。それで当社は「神在社《かみありしや》」とも呼ばれる。

その日、二十日の夕方、本殿前に御幣《ごへい》を立てて神迎えの神事を行なう。本殿三殿はもちろん、拝殿まで注連縄《しめなわ》を張り巡らすので、本殿三殿は仮拝殿からわずかにしか拝めない。

こうして迎えた神々を再び諸国へ還すのが、二十五日の「カラサデ神事」である。いわゆる神送りである。午後九時、大勢の氏子《うじこ》が神送りのお伴をしようと待機している境内のすべての灯りが消される。宮司以下、神職が張り巡らされた注連縄をほどき、神前に進み出ていく。ほのかな提灯《ちょうちん》の灯りと、その灯りに照らされた神職たちの着る浄衣《じょうえ》が白く揺らめく様子しか見て取れないという。その後、神職の発する「おーっ」という声に導かれて氏子や参拝者たちの行列が動き出し、神社から約二キロ、急峻な山道を登って行き、高天原《たかまのはら》と呼び習わされる祭場へ向かう。ここでいくつかの神事が行なわれたあと、神送りのお伴をした全員に一夜《いちや》御水《ごす》と呼ぶ一夜《ひとよ》酒《ざけ》が振る舞われ、下山となる。ちなみに、この日に帰りそびれた神を送り出す「止神《しわがみ》送り」という神事が三十日に行なわれている。

カラサデは「神等去出」の字を当てるようだが、カラは木枯らしのカラで、サデは一掃するという意であり、この時期に吹き荒れる季節風のことであるとも言われる。

もう一つ重要な祭祀がある。「神在祭」の前、九月二十四日・二十五日を中心に行なわれる「御座《ござ》替祭《がえさい》」である。これは、本殿三殿だけでなく関連する社《やしろ》のすべての神の御座所の茣蓙《ござ》を敷き替えるというもの。茣蓙を敷き替えることで、神霊の生命力を新たにする、瑞々しく蘇らせるという意味があると言われる。

この「御座替祭」という神事が始まると、「佐陀神能」と呼ばれる神楽《かぐら》（七座神事）が舞われる。新しい茣蓙を畳んで奉書で巻き、それを持って舞う。それで茣蓙が清められるという。この舞はユネスコ無形文化遺産リストに登録されている。

*

サルタビコを祭る神社はほかにもあります。三重県度会郡の二見《ふたみ》興玉神社《おきたまじんじゃ》、同県鈴鹿市の都波岐神社《つばきじんじゃ》、滋賀県高島市鵜川の白鬚神社《しらひげじんじゃ》などです。

御幣《ごへい》は、幣束《へいそく》の敬称です。裂いた麻や、細長く切った紙を細長い木に挟んで垂らした祭具で、お祓《はら》いに用います。

一夜酒《ひとよざけ》は、柔らかく炊いた飯、または粥に米麹を加え、発酵させて造る甘酒。一夜の間にできることからこう呼びます。醴《こざけ》とも。

＊

さて、サルタビコを先導役として無事に天下《あまくだ》ったニニギは日向《ひゅうが》（宮崎県。南九州一帯とも）の宮殿を住まいとし、恋をするまでに成長するのだが――。

2 コノハナノサクヤビメの放火と出産

① ニニギノ命《みこと》の率直な求愛

ある日のこと——。

朝日の射す国・夕日の照る国（鹿児島県）の笠沙《かささ》の岬《みさき》で、ニニギノ命《みこと》（邇邇芸命）は見目麗《みめうるわ》しい乙女に出会う。

ニニギは、声をかけずにいられない。

乙女は、見かけないよそものに声をかけられて警戒し、用心しながら名を明かす。国《くに》つ神《かみ》・オオヤマツミノ神（大山津見神）の娘、コノハナノサクヤビメ（木花之佐久夜毘売）と名乗った。

ニニギは感動する。容貌だけでなく名前まで美しい、と。そして続けざまにこう尋ねる。「はらから（兄弟姉妹）はいるのか」

もし姉でもいれば、やはり美しい娘であるにちがいないと予断したからだ。コノハナノサクヤビメと名乗った乙女は、自分には姉のイワナガヒメ（石長比売）がいると答えた。それを聞くや否やニニギはずばりこう言う。「あなたとまぐわいたい」

出会いがしらの一目惚れなら、遠回しに口説くより、率直に求めたほうが受け入れられると判断したのだろう。ならば、その判断力は日向《ひゅうが》（宮崎県。南九州一帯とも）の宮殿で成長するうち、経験で磨かれたのかもしれない。

けれどもコノハナノサクヤビメはこう言う。「私には答えられません。父上にお尋ねくださいな」

スサノオノ命《みこと》（須佐之男命）の娘・スセリビメ（須勢理毘売）とはだいぶ違う。彼女は父（スサノオ）の承諾を得ずにみずからオオナムチ（大己貴神＝大国主神）に身を任せている。天《あま》つ神《かみ》の娘と、国《くに》つ神《かみ》の娘とのちがいだろうか。

それはさておきニニギは国つ神・オオヤマツミに使いを出し、自分の気持ちをぶちまける。

山を支配するオオヤマツミは、天孫《てんそん》であるというニニギの気持ちを使いの者から聞いて喜び、二つ返事で承諾、そのうえ姉娘のイワナガヒメも差し出すと言う。

こうして二人の乙女が、ニニギの住まいである日向《ひゅうが》（宮崎県）の宮殿にやってくるのである。

＊

笠沙《かささ》の岬《みさき》は、鹿児島県南さつま市笠沙町の野間《のま》岬《みさき》（薩摩半島の西端）と言われます。

②一夜《ひとよ》妻《づま》の決意

朝日の射す国・夕日の照る国から二人の乙女が日向の宮殿にやってきた。

けれどもニニギは姉娘のイワナガヒメを親元へ返してしまう。妹のコノハナノサクヤビメに比べて、姉のイワナガヒメは容姿がとても劣り、予断が裏目に出たからだ。

その夜――。

ニニギはコノハナノサクヤビメを宮殿の寝所《しんじょ》に連れ込んで抑《おさ》えることのできない感情を注ぎ込み、出会いがしらの恋を成就させる。

いっぽう姉娘のイワナガヒメを送り返されて恥ずかしい思いをしたオオヤマツミは、ニニギにこんなことを申し送る。「姉妹を差し出したのは理由《わけ》あってのこと。姉娘をそばに置けば、天《あま》つ神《かみ》の御子《みこ》であるあなたの寿命は岩のように永遠に変わらず、揺るぎなく続く。妹娘をそばに置けば、木《こ》の花《はな》が咲くように栄えるだろうと神に祈って誓いを立てて差し出した。だが、姉娘を戻し、妹娘を宮殿に留《とど》めたので、天つ神の御子の寿命は木の花のようにはかないことだろう」

これを伝えられたニニギは狼狽したことだろうが、後の祭りである。それはさておき、その後のニニギとコノハナノサクヤビメはどうなったかというと――。

一夜を共にしてだいぶ経ったある日、コノハナノサクヤビメが宮殿に参上し、ニニギにこう言う。

「じつは、あなたの御子を身ごもっておりましたが、今や出産の時期となりました」

これを聞いてニニギは、

「あの一夜のまぐわいで、孕《はら》んだというのかッ」

と言い放つ。

ニニギにしてみれば一晩かぎりの慰《なぐさ》みの相手、一夜妻が身ごもるなど思いもよらなかったのだろう、こう疑う。「自分の子ではない。どこかの国《くに》つ神《かみ》の子ではないか」

疑われたコノハナノサクヤビメは悲しくてたまらない。腹も立つ。急に厳しい表情になってこう言う。「この子は、天《あま》つ神《かみ》の御子《みこ》。だから、私一人の子としてこっそり生むべきではないと考え、あなたに打ち明けたのですよ」

国つ神の子であるならば、こっそり生んでいたというのである。

コノハナノサクヤビメは身の潔白を明かすために誓約《うけい》をする決意を示す。

誓約とはすでにアマテラス・スサノオ姉弟の争いで述べたように、占いの一種で、こうならばこうという二つの掟《おきて》（事柄の正・邪）をあらかじめ神に誓いを立てて決めておき、どちらが出ても、それを神意《しんい》（天意＝神の意志）とする占いである。

＊

『古事記』は、ニニギがコノハナノサクヤビメ一人を宮殿に留《とど》めたため、今に至るまで代々の天皇の寿命が長くないのであると記しています。ですから当時の天皇の寿命はだいぶ短かったようです。

③燃える産屋《うぶや》の神生《かみう》み

コノハナノサクヤビメは祈誓《きせい》し、神意をうかがうため、こんな誓詞《せいし》を述べる。

「お腹の子が、このあたりの国つ神の子であるなら、無事には生まれてこない。天《あま》つ神《かみ》の御子《みこ》であるなら、どんなことがあろうと無事に生まれてくる」

誓詞を述べ終えると、ただちに出産の準備にとりかかる。

出入り口のない産屋をつくり、その中に入って周囲の隙間《すきま》を粘土で塗り固めて塞《ふさ》ぎ、出産当日まで閉じこもった。

その日——。

コノハナノサクヤビメは産屋に放火する。しだいに燃え上がる産屋。そんな中でも子が無事に生まれてくれれば、天つ神の御子である証となる。

炎が盛んに燃え上がり出す。

そのときホデリノ命《みこと》（火照命）が生まれる。次にホスセリノ命《みこと》（火須勢理命）、その次にホオリノ命《みこと》（火遠理命。別名ヒコホホデミノ命《みこと》＝日子穂穂手見命）が生まれる。

こうして三人の男の御子《みこ》が無事に生まれ、コノハナノサクヤビメは身の潔白を証明、ニニギの疑いを晴らすことができる。

コノハナノサクヤビメの生んだ長男・ホデリは海《うみ》の幸《さち》を求める海佐知毘古《うみさちびこ》（海幸彦）となり、三男・ホオリ（別名ヒコホホデミ）は山《やま》の幸《さち》を求める山佐知毘古《やまさちびこ》（山幸彦）となる。

けれども二男のホスセリの運命については、『古事記』は明らかにしていない。

さて、高千穂《たかちほ》の峰《みね》に降臨した天孫《てんそん》、ニニギノ命《みこと》だが、彼を祭神《さいじん》とするのが鹿児島県霧島市の「霧島神宮《きりしまじんぐう》」や、宮崎県西臼杵郡《にしうすきぐん》の「高千穂神社《たかちほじんじゃ》」、神奈川県足柄下郡の「箱根神社《はこねじんじゃ》」などである。

ニニギを祭る神社

「霧島神宮《きりしまじんぐう》」

鹿児島県霧島市霧島田口にある霧島神宮は、欽明《きんめい》天皇の時代（六世紀）に高千穂《たかちほ》の峰《みね》の中腹に社殿が造られたのが始まりとされる。その後、噴火で消失、高千穂河原に再建されたが、またもや噴火で消失。現在の社殿は一七一五（正徳五）年に薩摩藩主・島津吉貴《よしたか》によって再建されたものという。

当地は、坂本龍馬が日本最初といわれる新婚旅行で霧島連峰を訪れたことで知られている。その頃、山頂にはニニギが突き刺したという「天の逆鉾《あまのさかほこ》」がすでにあったという。これは、イザナキ・イザナミが「国生み《くにう》」のさいに用いた刺突用の武器、「天沼矛《あめのぬぼこ》（天之瓊矛《あまのぬほこ》とも）」の後世の呼び名である。

主祭神は、瓊瓊杵尊《ににぎのみこと》と表記されているが、『古事記』に書かれているニニギノ命《みこと》（邇邇芸命）と同一神である。相殿《あいどの》に、木花咲耶姫尊《このはなのさくやびめのみこと》（＝木花之佐久夜毘売）や、皇《こう》祖神《そしん》アマテラスと神武《じんむ》天皇などが祭られている。

例祭は九月十九日で、この日は夕方から「夕御饌祭《ゆうみけさい》」が行なわれる。祭神《さいじん》にゆかりの日に行なわれるこの祭りは、最も重要な祭典と言われ、舞の奉納などが行なわれる。

五穀の豊穣を祈願する祭儀、「御田植祭《おたうえさい》」は三月四日に行なわれる。これはニニギが高天原《たかまのはら》から稲の種子を授かり耕作したという故事に因《ちな》んで行なわれるもの。

また、天孫降臨《てんそんこうりん》にまつわる独特の神事《しんじ》もいろいろ残されている。たとえば十一月十日に行なわれる「天孫降臨御神火祭《ごしんかさい》」というのがある。この祭りは、高千穂《たかちほ》の峰《みね》に降りてくるニニギ一行のために道しるべとして火を燃やし、迎えたという故事に由来する。

当日、夕闇が迫る頃、白衣姿《びゃくえすがた》の神官たちが高千穂河原と高千穂の峰の頂上で、同時刻に、高く積み上げた神木に火をつけて御神火を焚く。晩秋の夜空に燃えさかる御神火と、周囲の山々に響きわたる霧島九面太鼓や霧島神楽の囃子《はやし》の音に、見る人は神秘的な世界へいざなわれるという。

「猿田彦命巡行祭《さるたびこのみことじゅんこうさい》」というのもある。サルタビコは天孫降臨のさい、この地方にいたという国《くに》つ神《かみ》である。ニニギ一行が高天原から地上へ降りてくるとき、途中まで迎えに出て、道案内をした神だ。その故事にちなんで春秋の例祭の前後各二回、計四回、行なわれる神事である。当日、霧島神宮の神職と氏子《うじこ》が猿田彦神社（霧島田口）で祭儀をしたのち、霧島神宮の境内と旧社地を、ご神体（サルタビコの大面）を担いで祓《はら》い清めて巡るというもので、俗に「面ドン回り」と言われる。

また、旧暦元旦に行なわれる「散籾祭《うちまきさい》」という神事もある。白装束に身を包んだ神職たちによって「籾《もみ》」が撒《ま》かれる祭儀である。これはニニギが降臨のさい、立ち込める雲霧を、稲穂を撒いて払ったという故事に因んで行なわれるものという。

当神宮では年間約百もの祭儀が行なわれているだけに、年間約百五十万人の参拝客が訪れ、三が日は多くの参拝客で賑《にぎ》わう。

＊

サルタビコの屋敷跡というのが霧島田口の辻にあり、ここにすでに紹介した猿田彦神社が建てられています。霧島神宮とは目と鼻の先です。

「高千穂神社《たかちほじんじゃ》」

宮崎県西臼杵郡《にしうすきぐん》高千穂町《たかちほ》にある高千穂神社は、高千穂の中心地にある神社で、古くから高千穂郷八十八社の総社として崇《あが》められてきた。別称は十社大明神《じっしゃだいみょうじん》。創建は記紀《きき》所伝の第十一代垂仁《すいにん》天皇時代と伝えられる。

祭神《さいじん》は、高千穂皇神《たかちほすめかみ》と十社大明神《じつしやだいみようじん》と表記されている。

高千穂皇神は、日向三代とその配偶神の総称だという。

つまり、ニニギノ命《みこと》とコノハナノサクヤビメ、その御子《みこ》のホオリノ命《みこと》（別名ヒコホホデミノ命《みこと》＝山幸彦《やまさちびこ》）とその妻トヨタマビメ（豊玉毘売）、その御子のウガヤフキアエズノ命《みこと》（鵜葺草葺不合命）とタマヨリビメ（玉依毘売＝トヨタマビメの妹）の六人を指す。

十社大明神は、ウガヤフキアエズノ命《みこと》の兄弟神ミケイリノ命《みこと》（三毛入野命）をはじめ、ウノメヒメノ命《みこと》（鵜目姫命）など十人である。

当社は、特に農産業・厄祓《やくばらい》・縁結びの神として広く信仰を集めている。本殿の規模は大きくないが立派で、広い境内に古木が繁る。中には樹齢八百年以上の秩父杉もあり、歴史を感じさせる。

堂々と天にそびえる大きな夫婦杉もある。この杉の周りを二人で手をつないで回ると良縁が続くと言われる。縁結びなどのご利益があるというので、カップルで訪れる参拝客も多い。

境内から遊歩道で高千穂峡へ下りてゆくことができる（約八百メートル）、高天原《たかまのはら》にあったという安《やす》の河《かわ》までは約六キロメートル、天岩戸神社までは五・四キロメートルぐらいだ。

春の例祭は四月十六日で、高千穂峡への「浜下り神事」がある。これは、ご神体が神輿《みこし》に乗って高千穂峡のオノコロ島で禊《みそぎ》をし、お旅所《たびしょ》で休憩後、町中で神幸《しんこう》行列を行なう。神楽《かぐら》・棒術・白刃使い・地元余興隊など氏子も後に続く。

旧暦の十二月三日には毎年、神楽の始まりとされる「笹ふり神楽」の奉納がある。これは、鬼神の鬼《き》八《はち》の慰霊のために始められたもので、神前に一頭の猪を丸ごと捧げ、鬼八の魂を鎮《しず》める「鬼八眠らせ歌」を歌いながら、笹を左右に振るというもの。これによって鬼八は神へと昇華し、霜害を防ぐ「霜宮」に転生するという。

境内の神楽殿では毎日（夜八時から九時）、観光客相手に夜神楽《よかぐら》も行なわれている。

＊

記紀とは、『古事記』と『日本書紀』のことです。

「箱根神社《はこねじんじゃ》」

神奈川県足柄下郡箱根町にある箱根神社は、芦ノ湖の東岸にある。かつては箱根権現《ごんげん》と称された。

祭神《さいじん》は、箱根大神《はこねおおかみ》と表記されているが、これは三神（瓊瓊杵尊《ににぎのみこと》・木花咲耶姫尊《このはなのさくやびめのみこと》・彦火火出見尊《ひこほほでみのみこと》＝日子穂穂手見命）の総称という。ヒコホホデミというのは、燃え上がる産屋《うぶや》の中でコノハナノサクヤビメが出産した三男、ホオリノ命《みこと》（火遠理命＝山幸彦《やまさちびこ》）の別名である。

なお、奥宮《おくみや》（奥社）には造化《ぞうか》の三神（天之御中主神《あめのみなかぬしのかみ》・高皇産巣日之神《たかみむすびのかみ》・神皇産巣日之神《かみむすびのかみ》）も祭られている。万物の生産・生成をつかさどるとされている神々だ。

当社では、年間最大の祭り「湖水祭・例大祭」を中心に多くの祭りが行なわれている。年間およそ二十五もの神事《しんじ》・祭典をはじめ、月毎（一日・十五日）の月次祭《つきなみのまつり》、日毎の朝夕の御饌祭《みけさい》を含めると、その数は大小あわせて年間およそ八百にも及ぶという。

二月の節分祭では、少女の巫女が厚化粧で、鬼は水上スキーで登場し、総勢二百余名にわたる盛大な湖上豆打ちが有名である。七月三十一日には芦ノ湖で湖水祭が、八月一日には例大祭が行なわれる。秋には「御神火祭《ごしんかさい》」がある。これは原始的手法で火を鑽《き》りだす神事で、鑽りだされた御神火は箱根全山の神々に供される。また大晦日には「大祓《おおはらえ》」が行なわれる。祓の神事では、身代りの「形代《かたしろ》」にみずからの罪・ケガレを託して湖に流し、心身を祓い清める。除夜祭は、その年の最後の祭りである。そして新年を迎え、元旦には新年を寿《ことほ》ぐ「歳旦祭《さいたんさい》」が行なわれ、境内は初詣の人々で賑わう。

＊

ニニギノ命《みこと》を祭る神社はほかにも三重県鈴鹿市の椿大神社《つばきおおかみやしろ》、鹿児島県薩摩川内市の新田神社、静岡県富士宮市の富士山本宮浅間大社《ふじさんほんぐうせんげんたいしゃ》などがあります。

奥宮（奥社）は、本社より奥にある神社のことで、祭神は本社と同じです。

＊

さて、燃え上がる産屋の中で三人の御子《みこ》を無事に出産したコノハナノサクヤビメだが、彼女を祭る神社は箱根神社のほかに、静岡県富士宮市の「富士山本宮浅間大社《ふじさんほんぐうせんげんたいしゃ》」や、山梨県笛吹市の「浅間神社《あさまじんじゃ》」などがある。

コノハナノサクヤビメを祭る神社

「富士山本宮浅間大社《ふじさんほんぐうせんげんたいしゃ》」

コノハナノサクヤビメを祭神《さいじん》とする浅間《せんげん》系の神社は、全国に約一千三百を数えるといわれる。その本社が、静岡県富士宮市宮町にある富士山本宮浅間大社である。

かつての駿河国《するがのくに》（静岡県中部・東部）の一の宮で、富士山頂に奥宮《おくみや》がある。奥宮の例大祭は八月十五日に行なわれるが、前月の七月十一日に開山祭が行なわれる。そして八月末まで神職が常駐、祭事やお守りなどの授与が行なわれる。九月の閉山祭以後は、翌年の開山まで、奥宮は無人となる。

古くは「浅間神社《あさまじんじゃ》」という呼称であったが、現在の「せんげん」は中世以降から用いられたと見られている。明治時代には「富士山本宮浅間神社」が正式名であったという。一九八二（昭和五十七）年から現在の正式名「富士山本宮浅間大社」となった。「富士山―信仰の対象と芸術の源泉」の構成資産の一つとして、世界文化遺産に登録されている。

天孫が降り立った高千穂の地（宮崎県）

五穀豊穣を祈願する「お田植祭」
（鹿児島県／霧島神宮）

ニニギが突き刺したという
「天の逆鉾」
（鹿児島県／霧島連峰）

「浅間」の語源については諸説あるが、阿蘇山や浅間山のように「火山」を表わす呼称と見られている。また、「本宮《ほんぐう》」は静岡県にある浅間神社（新宮）に対する呼称という。

主祭神は、『古事記』に表記されている通り木花之《このはなの》佐《さ》久《く》夜《や》毘《び》売命《めのみこと》であるが、別称を浅間大神《あさまのおおかみ》としている。富士山の神霊をコノハナノサクヤビメに当てる起源は明らかでないが、文献の初見は江戸時代であると言われる。

「コノハナ（木花）」は桜の古名と言われ、祭神（コノハナノサクヤビメ）は富士山の美貌の形容に由来するとされる。また、コノハナノサクヤビメの火中での出産も、火にまつわる出来事（富士山の噴火）として意識されたと見られている。

なお、ニニギノ命《みこと》とコノハナノサクヤビメの父・オオヤマツミノ神の二神が配祀《はいし》されている。

「浅間《あさま》神社《じんじゃ》」

山梨県笛吹市一宮町にある浅間神社は、全国にある浅間神社の中の一社である。当社は、甲斐国《かいのくに》（山梨県）の一の宮であることから、「一宮浅間神社」と通称され、「一の宮さん」とも呼ばれている。

祭神《さいじん》は、木花開耶姫命《このはなのさくやひめのみこと》と表記されている。『古事記』に書かれている木花之佐久夜毘売と同一神だが、富士山を神格化した女神《めがみ》であると考える説もある。

なお、当社は富士山を祭っているが、境内からは御坂《みさか》山地の陰に隠れて富士山は見えない。また、本殿も富士山とは関係ない方角を向いている。

例祭は、四月十五日。そのあと「大神幸祭《だいしんこうさい》」、通称「おみゆきさん」という祭りが行なわれる。これは、甲斐国がたびたび大洪水に見舞われることから始まった川除祭《かわよけまつり》（水防祭）で、竜王（山梨県中部）の三社神社、一の宮である当社と二の宮（美和神《みわじん》社《じゃ》）、三の宮（玉緒神社《たまおじんじゃ》）に、神輿《みこし》が渡御《とぎょ》する。

＊

神幸祭《しんこうさい》は、ご神体《しんたい》が神輿などに乗って渡御する祭典のことです。渡御は、神輿の御出座《おでまし》という意です。

コノハナノサクヤビメを祭る神社は、ほかにもあります。奈良県葛城市當麻町の當《たい》麻山口《まやまぐち》神社や、兵庫県多可郡多可町の荒田神社などです。

＊

さて『古事記』によれば、コノハナノサクヤビメが火中で出産した長男・ホデリノ命《みこと》は海佐知毘古《うみさちびこ》（海幸彦）となり、三男・ホオリノ命《みこと》（別名ヒコホホデミノ命《みこと》）は山佐知毘古《やまさちびこ》（山幸彦）となるのだが、二人はひょんなことから争うことになってしまうのである。

3 兄と弟の争いと神武の誕生

① 海幸彦（ホデリ）と山幸彦（ホオリ＝ヒコホホデミ）

ある日のこと――。

三男のホオリノ命《みこと》（火遠理命＝山幸彦。別名ヒコホホデミ）は、長男のホデリノ命《みこと》（火照命＝海幸彦）に、互いの道具（猟具と漁具）を取り替えっこして使ってみないかと持ちかける。

海幸彦は最初、うんとは言わなかったのだが、とうとう根負けして弟の話に乗る。

海幸彦の海釣りの漁具と、山幸彦の猟具が交換されると、山幸彦はさっそく海へ漁に出かける。けれども一匹も釣れないどころか釣り針を魚に取られてしまう。

兄の海幸彦も山へ狩猟に出かけるが、さっぱり獲物が捕れない。やはり道具の交換は失敗だった、やめにしようと、弟に海釣りの漁具を返すように言う。

ところが、釣り針は魚に取られてしまってないとわかり、激怒する。弟がひたすらわびても許さなかった。弟が自分の十拳剣《とつかのつるぎ》をつぶして五百本、千本と釣り針をつくって差し出しても、許さなかった。

山幸彦は悲嘆にくれ、海辺に出て大海原を眺めていると――。

（あ、あれは……ッ）

潮のさしひきの通り道（潮路）をつかさどるシオツチノ神（塩椎神）が現われる。

山幸彦はシオツチにすべてを打ち明ける。事情を聞いたシオツチは竹の籠《かご》の小船をつくり、山幸彦を乗せると、ワタツミノ神（綿津見神＝海神）の御殿へ行くように言い、その御殿のそばにある泉の近くの桂《かつら》の木の枝に上がって待つよう教えて立ち消えてしまう。

山幸彦は言われたとおり小船に乗り、どのくらい揺られていただろうか。気づくと、そこはもうワタツミの御殿であった。

②トヨタマビメとの出会い

山幸彦はシオツチに教えられたとおり、御殿のそばの泉の近くの桂《かつら》の木の枝に上がり、待っていると――。

御殿の侍女《じじょ》が器《うつわ》を手にして泉にやって来る。ワタツミの娘・トヨタマビメ（豊玉毘売）の身の回りの世話をする女である。

女は山幸彦に気づく。山幸彦が女に水を所望すると、女は水の入った器を差し出す。けれども山幸彦は水を飲まずに、自分の首にかけている玉の緒《お》をほどいていったん口に含んでから器に吐き出し、その器を女に返す。

（まあ……ッ）

玉は器の底にくっついて取れない。女は仕方なくその器を持って御殿へ戻り、門外で起きたことをトヨタマビメに伝えた。

それを聞いたトヨタマビメは不思議に思う。どなたかしらと、御殿の門の外へ出て行き山幸彦を一瞥《いちべつ》したとたん、心を引かれてしまう。ぽっと顔を赤らめるトヨタマビメを見て山幸彦の恋情が燃え上がる。二人は目と目を捕らえ合い、はずさない。すぐにでもまぐわいたいと、心から感じている様子。

けれどもトヨタマビメは、その場では山幸彦に身を任せない。不意に我に返ったかのように門内へ走り出し、父であるワタツミに訪問客がいることを興奮気味に報告する。

ワタツミは門外にいる山幸彦を見るなり、

（この方は尊い血筋のお方に違いない……）

と、直感する。

こうして山幸彦はワタツミの御殿に招かれ、以後、ここで暮らすことになる。むろん山幸彦はトヨタマビメを、トヨタマビメは山幸彦を、貪《むさぼ》るように愛し、来る日も来る日も満ち足りた夫婦生活を送る。

さて、山幸彦に一目惚れしたトヨタマビメだが、彼女を祭る神社が鹿児島県南九州市の「豊玉姫神社《とよたまひめじんじゃ》」や、同県霧島市の「鹿児島神宮《かごしまじんぐう》」、長崎県対馬市の「海神《かいじん》（わたつみとも）神社《じんじゃ》」などである。

「豊玉姫神社《とよたまひめじんじゃ》」

鹿児島県南九州市知覧町にある豊玉姫神社は、古くは知覧城《ちらんじょう》の出城《でじろ》、亀甲城《きっこうじょう》があった城山《しろやま》の麓《ふもと》に造られていたが、一六一〇（慶長十五）年に現在地に移ったという。

主祭神《しゅさいじん》は、豊玉姫命《とよたまひめのみこと》と表記されている。ほかに豊玉彦命《とよたまひこのみこと》（＝綿津見神＝トヨタマビメの父神）・彦火火出見命《ひこほほでみのみこと》・玉依姫命《たまよりひめのみこと》（トヨタマビメの妹）を祭っている。彦火火出見命（ヒコホホデミノ命《みこと》）は、コノハナノサクヤビメが火中で生んだ御子《みこ》で、長じて海神《かいじん》の御殿でトヨタマビメと愛し合い、一緒に暮らしていたホオリノ命《みこと》（山幸彦）のことである。

なお、『古事記』にはヒコホホデミノ命《みこと》は日子穂穂手見命、タマヨリビメノ命《みこと》は玉依毘売命と書かれているが、『日本書紀』には彦火火出見尊、玉依姫尊と表記されている。

毎年七月九日から行なわれる夏祭り「六月灯《ろくがつどう》」では、用水路にかかる水車を動力として、浄瑠璃人形に似た三十センチ前後のからくり人形（水車からくり）が個性豊かにいろいろな動きを見せてくれる。演目は毎年変わるが、歴史上の有名人や神話がモチーフにされることが多いようだ。江戸時代から始まったとされるが、一時中断し、一九七九（昭和五十四）年から現在の形式で再開され、県民には「ろっがどう」の名で親しまれているという。

例祭は十月十日である。

当社の祭神は、玉のように美しい子宝に恵まれるという安産の神として、また漁業をはじめ航海安全の神としても信仰を集めている。宮司は豊玉姫命の従者の子孫であると伝えられている。

＊

トヨタマビメが安産の神として信仰されるのは、後述するように彼女が玉のように美しい子宝に恵まれるからです。むろん山幸彦の御子です。また、その御子に、トヨタマビメの妹のタマヨリビメが重大な関わり方をして、サプライズがおきます。

⛩「鹿児島神宮《かごしまじんぐう》」

鹿児島県霧島市隼人町《はやとちょう》にある鹿児島神宮は、鹿児島空港の近く、日向山《ひなたやま》の麓《ふもと》に鎮座《ちんざ》している。

赤い大きな鳥居が神社へ向かう道を跨《また》いでいる。入り口の鳥居をくぐって大きな階段を上ると、赤色に塗られた柱に支えられた社殿がある。社殿は一七五六（宝暦六）年に建てられたという。県内最大規模という本殿と、拝殿・勅使殿《ちょくしでん》が一直線に並ぶ造りになっており、荘厳な外観である。

祭神《さいじん》は、天津日高彦穂々出見尊《あまつひこひこほほでみのみこと》・豊玉比売命《とよたまひめのみこと》と表記されているが、ヒコホホデミノ命《みこと》（ホオリノ命《みこと》＝山幸彦）とトヨタマビメ（山幸彦の妃《きさき》）と同一神である。

旧暦一月十八日（現在はそれに近い日曜日）に行なわれる「初午祭《はつうまさい》」は、日本各地のお稲荷さんで行なわれる初午祭とは趣向が異なる。当神宮には、「鈴かけ馬踊り」と呼ばれる珍しい慣行があり、例年二十万人以上の観光客が訪れる。地元では祭り日に因《ちな》んで「十八日の馬」と呼んでいる。

この「初午祭」は、多くの鈴や造花の桜、五色の布などで飾られた馬（神馬《しんめ》）が、鐘・太鼓・三味線などの音色に合わせて跳ね踊るという賑《にぎ》やかな祭りである。踊り馬は地元有志が二十頭以上も用意し、馬の後ろに、それぞれ数十名の踊り連が踊りながら付き従って参道を練り歩く。参加する馬は一カ月以上前から踊りの練習を行ない、祭りが終わってもしばらくの間は足踏みの癖が残るという。

この馬踊りのもともとの目的は、馬の健康や多産を望み、農作物が豊穣に実ることを願うものであったが、現代になると厄《やく》払いもしくは歳祝い、商売繁盛といった意味でも祈念されるようになったという。

また、旧暦五月五日（現在はそれに近い日曜日）に行なわれる「御田植祭《おたうえさい》」では、祭壇が作られ、田《た》の神舞《かみまい》が奉納され、早乙女《さおとめ》が田植えをして見せてくれる。

なお、馬踊りの風習は、山の神が馬に乗ってやってきて田の神になるという古い言い伝えに基づいて、南九州の各地で行なわれているようである。

＊

神馬《しんめ》は、神社に奉納された馬のことで、神駒《かみこま》ともいいます。

「海神神社《かいじんじんじゃ》」

長崎県対馬市にある海神（わたつみとも）神社は、和多都美神社《わたつみじんじゃ》（対馬市豊玉町）の論社《ろんしゃ》の一つであるという。論社とは、『延喜式《えんぎしき》』の「神名帳《じんみょうちょう》」（神社の登録台帳）に記載された神社と同一、もしくはその後裔《こうえい》と推定される神社のこと。

主祭神《しゅさいじん》は、豊玉姫命《とよたまひめのみこと》と表記されている。

九州と朝鮮半島の中間に位置する対馬は、古代において外交と国防の最前線の島であった。神功皇后《じんぐう》が朝鮮半島遠征から帰る途中、新羅《しらぎ》を平定した証として旗八流《はたやつながれ》（八本の旗）を納めたことが起源とされる。旗は当初「上県郡《かみあがたぐん》峰町」に納められ、その後、「下県郡《しもあがたぐん》」の「木坂山《きさかやま》（伊豆山）」に移されたらしい。その地名に由来し、古くは「木《き》坂八幡宮《さかはちまんぐう》」と称していたと言われる。『延喜式』の「神名帳」に「対馬国上県郡和多都美神社（明神大）」とあるのが当社だという。我が国八幡宮の発祥の地とも言われる。『對州神社誌《たいしゅうじんじゃし》』にも「八幡宮」と記されていて、明治まで「八幡宮」と称していたという。

海神と書いて「わたつみ」「わだつみ」とも読めるという。よって一八七〇（明治三）年に和多都美神社と改称するが、三年後の明治六年に「海神神社」と改めたという。

先の和多都美神社は、古くから「渡海宮《わたつみのみや》」と称していたが、明治五年に大島神社と改称、その二年後の明治七年に和多都美神社と改めたという。おそらく和多都美と称していた木坂八幡宮が、海神神社と改称したからだろうと言われる。

＊

トヨタマビメを祭る神社は、ほかにも佐賀県佐賀市の与賀《よが》（與賀）神社《じんしゃ》などがあります。

＊

さて、互いに貪《むさぼ》るように愛し合っていた山幸彦とトヨタマビメのその後だが、『古事記』によれば――。

◆3 山幸彦の勝利

トヨタマビメと満ち足りた夫婦生活を送っていた山幸彦は三年も経《た》つと刺激が減退し、倦怠《けんたい》を覚えはじめる。

（はあーッ）

何のために海神《かいじん》の宮殿にやってきたのかを思い出し、山幸彦はため息をもらす。

そんな山幸彦の様子を見てとり、トヨタマビメは父親のワタツミに話す。心配したワタツミが山幸彦に問いかけると、山幸彦は兄と不仲になった経緯を話し出し、本来の目的を打ち明ける。それを聞いたワタツミは、その釣り針が鯛《たい》の喉《のど》に引っかかっているのを見つけ出し、山幸彦に差し出す。

「これだ、これですッ」

躍り上がらんばかりに喜んだ山幸彦は、地上の兄のもとへ帰りたいという。

ワタツミは承知する。そして釣り針を兄に返すときの呪文や、こうすれば三年で兄は貧乏になるとか、兄との争いが生じたときはどうすればいいかなどを、山幸彦に教え、水を支配する力が籠《こ》められている二つの珠《たま》（潮満珠《しおみつたま》・潮干珠《しおふるたま》）を授ける。つまり、潮や水を自在に操れる。ワタツミは海をつかさどる海神であり、水を支配する水神《すいじん》である。つまり、潮や水に故郷の国に姿を現わす。そのワタツミに潮や水を支配する力を与えられて山幸彦は三年ぶりに故郷の国に姿を現わす。そして、ワタツミに教えられたとおりにしていると、やがて貧乏のどん底へ落ちた兄との間に争いが生じる。

けれども二つの珠の力で兄を苦しめる。とうとう兄は弟に許しを乞《こ》い、こう言う。

「これからは配下となり、あなたを護衛する者になろう」

＊

山幸彦に許しを乞《こ》うて以来、海幸彦の子孫の隼人《はやと》は、海水に溺《おぼ》れたときのさまざまな仕草《しぐさ》を演じて宮廷に仕えていると、『古事記』は記しています。

トヨタマビメと契《ちぎ》りを結んだ山幸彦ですが、古来、契りを結んだり相手の名前をもらったりするのは、相手の力を得ることにつながると信じられました。ですから、山幸彦の父であるニニギは降臨《こうりん》すると、オオヤマツミノ神の娘、コノハナノサクヤビメと契りを結んで山の力を手に入れます。ニニギの息子の山幸彦は、ワタツミノ神の娘であるトヨタマビメと愛し合って水（海）の力を手に入れ、兄の海幸彦を従わせています。それゆえニニギ一族は以後、葦原《あしはら》の中《なか》つ国《くに》の支配者になれたと言われます。

＊

さて、兄の海幸彦を配下に従えた山幸彦だが、彼を祭る神社はすでにトヨタマビメの項で紹介したように「鹿児島神宮」や「箱根神社」がある。
そのほか宮崎県宮崎市の「青島神社《あおしまじんじや》」や、福井県小浜市の「若狭彦神社《わかさひこじんじや》（上社）」、それに静岡県御前崎市の「白羽神社《しろわじんじや》」、愛知県知立市の「知立神社《ちりゆうじんじや》」などがある。

山幸彦を祭る神社

「青島神社《あおしまじんじや》」

宮崎県宮崎市青島にある青島神社は、日南海岸に面した青島の中にある神社で、全島が境内地といえる。この青島は、海底の宮殿から地上へ戻って来た山幸彦が住んだとされる島である。古くは島全体が霊域とされ、江戸時代の中頃まで島奉行と神職以外の島入りは許されなかった。ビロウ（シュロに似たヤシ科の常緑高木）などの亜熱帯性植物が生い茂る境内を歩くと、清らかで冒しがたい独特の雰囲気に包まれるという。

朱塗りの社殿は、ビロウの生い茂る境内にあっていっそうあでやかに見える。祭神《さいじん》は、彦火火出見命《ひこほほでみのみこと》と、その妃の豊玉姫命《とよたまひめのみこと》、そして塩筒大神《しおづつのおおかみ》と表記されている。シオヅツノ大神は、兄に釣り針を返すよう強く迫られて途方に暮れている山幸彦に、海底のワタツミノ神の御殿へ行けと教えた潮路をつかさどるシオツチノ神と同一神である。

したがって当社の祭神《さいじん》は、いずれも山幸彦・海幸彦神話にちなむ神々で、縁結び・安産・航海安全の神として信仰されている。

島内の亜熱帯性植物群落は国の特別天然記念物に指定されている。また、周囲には珍しい波状岩が広がっているが、それは通称「鬼の洗濯岩（板）」と呼ばれ、国の天然記念物に指定されている。

「若狭彦神社《わかさひこじんじゃ》」

福井県小浜市龍前にある若狭彦神社は、小浜市の中心部から南東の、多田ヶ岳《ただがたけ》の山麓《さんろく》にあり、上社《かみしゃ》（若狭彦神社）と下社《しもしゃ》（若狭姫神社）からなる。総称して「若狭彦神社」、または「上下宮《じょうげぐう》」と呼ばれている。

若狭彦神社（上社）の祭神《さいじん》は、若狭彦大神《わかさひこのおおかみ》（彦火火出見尊《ひこほほでみのみこと》）と表記されている。

本殿・楼門・神門は県指定の有形文化財である。

また、若狭姫神社（下社）の祭神は、若狭姫大神《わかさひめのおおかみ》（豊玉姫命《とよたまひめのみこと》）と表記されている。

社伝では、若狭彦（山幸彦）と若狭姫（トヨタマビメ）は遠敷郡下根来村白石の里《おにゅうぐんしもねごろむら》に示現《じげん》したといい、その姿は唐人のようであったという。七一四（和銅七）年九月十日に両神の示現した白石の里に上社が創建され、翌年の九月十日に現在地に遷座《せんざ》したという。

神の紋は、「宝珠《ほうしゅ》に波」の紋である。これは山幸彦が海神《かいじん》の御殿（龍宮）で手に入れた二つの珠、潮盈珠《しおみつたま》（潮満珠）と潮乾珠《しおふるたま》（潮干珠）に因《ちな》んでいる。山幸彦は、畳・

敷物業の神としても信仰され、現在はインテリア関係者の信仰も集めている。

また、若狭姫神社の祭神であるトヨタマビメは、安産・育児に霊験があるとされ、境内には子種石と呼ばれる陰陽石や、乳神様と呼ばれる大銀杏《おおいちょう》などがある。

現在はほとんどの祭事は下社の若狭姫神社で行なわれており、神職も下社にだけ常駐しているという。

「白羽《しろわ》神社《じんじゃ》」

静岡県御前崎市白羽にある白羽神社は、古くから篤い信仰を集めている。大昔は馬を祭っていたそうだ。龍神《りゅうじん》信仰によるもので、海辺では名馬が育つと信じられたからだという。

祭神は、天津日高日子穂々手見命《あまつひこひこほほでみのみこと》・豊玉毘賣命《とよたまびめのみこと》・玉依毘賣命《たまよりびめのみこと》と表記されている。

タマヨリビメは、トヨタマビメの妹である。

通称、「お白羽様《しろわさま》」といい、その効験《こうけん》は、交通安全・家内安全・商売繁盛・大漁満足・海上安全・厄除《やくよ》け、などにあるという。

例祭は四月十日に近い休日に行なわれる。これは国の繁栄を祈る祭りで、年間を通じて一番大切な祭事とされる。神輿《みこし》の白羽地区巡行が行なわれる。

六月・十二月の晦日《みそか》には、大祓《おおはらえ》の神事《しんじ》が行なわれる。これは正月から六月、七月から十二月までの罪・ケガレを祓《はら》うというもの。そのあと茅《ち》の輪《わ》くぐりが行なわれる。

また、十月連休初日の土曜日に、年間で一番にぎやかな秋祭りが行なわれる。市内白羽《しろわ》地区六台の山車《だし》が昼夜、お囃子《はやし》とともにねり回される。そのほか七五三や節分祭なども催される。

「知立神社《ちりゅうじんじゃ》」

愛知県知立市西町神田にある知立神社は古来、「蝮《まむし》よけ・長虫《ながむし》よけ」の特殊な信仰がある。神札《しんさつ》(神社が発行する護符の一種)を身につければ、蝮・蛇に咬《か》まれないと伝えられ、北関東から山陰地方に至る各地に分社がある。

社伝によると、日本武尊《やまとたけるのみこと》が東国平定のさい、当地で皇祖《こうそ》の神々に平定の祈願を行ない、平定を無事に終えて帰る途中、その感謝のため皇祖神を祭ったのに始まるという。

祭神《さいじん》は、彦火火出見尊《ひこほほでみのみこと》・鸕鷀草葺不合尊《うがやふきあえずのみこと》・玉依比賣命《たまよりひめのみこと》・神日本磐余彦尊《かむやまといわれびこのみこと》と表記されている。

ウガヤフキアエズは、後述するようにトヨタマビメが生んだ御子《みこ》である。また、カムヤマトイワレビコはウガヤフキアエズの子、すなわち山幸彦の孫であり、のちの神武天皇《じんむ》である。

当社では、毎月三日に月次祭《つきなみのまつり》が催される。また、三月三日は祈年祭、五月三日には「知立まつり」が行なわれる。これは、前日と当日に山車《だし》五台を奉納する本祭《ほんまつり》と、花車《はなぐるま》五台を奉納する間祭《あいまつり》を、一年おきに行なうというもの。山車の上で、弓弾《ゆみび》きやとんぼ返り、チャンバラなど、義太夫節（浄瑠璃）に合わせて芝居する「知立のからくり」や知立山車文楽は、国の重要無形文化財に指定されている。

八月第四日曜日には、「土御前社祭《つちごぜんしやまつり》」があり、奉納子供相撲が行なわれる。九月には、「秋葉社祭」があり奉納手筒花火大会が行なわれる。また、十二月三日には「新嘗祭《にいなめさい》」が行なわれる。

＊

山幸彦を祭る神社はこのほかにも福井県越前市大虫町の「大虫神社《おおむしじんじゃ》」や、岐阜県不破郡の「南宮大社《なんぐうたいしゃ》」などがあります。

＊

さて、海底の御殿で山幸彦と仲睦《なかむつ》まじく夫婦生活を営んでいた海神《かいじん》の娘・トヨタマビメだが、山幸彦に去られたあと、彼女はどうするのか——。

4 トヨタマビメの出産と帰郷

トヨタマビメは、地上の故郷へ帰ってしまった山幸彦（ホオリ。別名ヒコホホデミ）への慕情を断ち切ることができない。

トヨタマビメは身ごもっていた。彼女は意を決して海底の御殿を抜け出し、地上へやってくる。そして山幸彦にこう言う。

「だいぶ前から身ごもっていましたが、いよいよ出産の時期になりました。けれども天《あま》つ神《かみ》の御子《みこ》を海原《うなばら》で生むのはいかがなものかと思い、それでこちらへ出て参りました」

これを聞いた山幸彦はすぐに海辺の波打ち際に鵜《う》の羽を使って産屋《うぶや》をつくらせるの

だが、屋根を葺《ふ》き終えないうちに彼女は産気づいてしまう。産屋に入ろうとするトヨタマビメは、このとき山幸彦にこう訴える。「異郷の者は子を生むとき、故郷の国の姿かたちに戻って生むものでございます。私も、本来の姿かたちに戻って生むことになりましょう。ですから、決して産屋をお覗《のぞ》きにならないでくださいな」

はて、本来の姿かたちとは……どういうことなのか、と山幸彦は不思議な思いのまま、覗かない約束をする。

けれどもお産が始まるころ、まだ屋根が葺き終わらない産屋の中を覗いてしまう。そこに横たわっているのはトヨタマビメではなく、大きい鰐《わに》（＝鮫）である。

（……ッ）

仰天する山幸彦にトヨタマビメは気づくが、約束を破られて怒るより、とても恥ずかしくて居たたまれない気持ちになる。

（もう、ここにはいられない……）

海の底の故郷に帰るしかない――。

そう心を決めて戸外にいる山幸彦に、

「無事に出産できましたら、海の底からたびたびこちらへ通ってきてお仕えしようと考えておりました。けれどもこの姿を見られた以上、それもかないません」

そう聞こえるように言い、生まれた御子を置いて自分の故郷へ帰ってしまう。

このとき生まれた御子は、ウガヤフキアエズ（鵜葺草葺不合）と名づけられる。産屋の屋根を葺き終わらないうちに生まれたという意味である。以後、彼はウガヤフキアエズノ命《みこと》と呼ばれるようになる。

ウガヤフキアエズは成長すると、母の妹であるタマヨリビメに恋をし、タマヨリビメは彼の御子《みこ》を四人生むのである。

この甥っ子と叔母の結びつきだが、その経緯は『古事記』によると——。

5 恋しがる二人

海の底の故郷へ逃げ帰るようにして戻ったトヨタマビメは、地上に残してきた御子はむろん、山幸彦が恋しくてたまらない気持ちになる。

トヨタマビメは、こちらと向こうをつなぐ何か頼りになるものがあればと考え、御子を育てるゆかりのある者として妹のタマヨリビメを地上へ遣わすことにする。つまり、乳母《めのと》として送り出すことにしたのである。

このとき、トヨタマビメは妹にこんな内容の歌を託す。

『今でもいとおしく、あなた様をお慕い申し上げております』

これを受け取った山幸彦は、こんな内容の歌を返す。

『私が一緒に寝たうるわしい乙女よ。いとしいあなたのことを一日たりとも忘れることなどできない。この世にあるかぎり』

互いに恋しくてたまらないのに、二人は生涯、会うことはない。

山幸彦は高千穂《たかちほ》の宮《みや》にいること、五百八十年に及んだという。

それはさておきトヨタマビメが生んだ御子・ウガヤフキアエズは長ずるに及んで乳母のタマヨリビメ、すなわち母の妹（叔母）と契《ちぎ》りを結び、彼女を妻とした。

かなりの年上妻になるだろうが、生みの親に会いたくても会えない寂しさを、育ての親である母の妹にぶつけ、それを彼女が受け入れたのだろう。

こうして甥っ子と叔母の夫婦ができあがり、四人の男神《おがみ》が生まれたのである。

さて、山幸彦の御子であるウガヤフキアエズは驚くほど大胆な結婚をしてみせたが、その後は『古事記』の話の流れに登場してこないので、ここで彼を祭る神社を紹介しておこう。

ウガヤフキアエズを祭る主な神社には、宮崎県日南市の「鵜戸神宮《うどじんぐう》」がある。

ウガヤフキアエズを祭る神社

「鵜戸神宮《うどじんぐう》」

宮崎県日南市大字《おおあざ》宮浦にある鵜戸神宮は、親しみを込めて「鵜戸さん」と呼ばれる宮崎県で最も有名な神社である。

太平洋に突き出した鵜戸崎《うどざき》という岬の突端にある洞窟の中に、朱塗りの色鮮やかな本殿がある。参拝は崖にそってつくられた石段を下ってするという全国でも珍しい「下り宮」の神社だ。岬のまわりは奇岩が連なっており、太平洋の荒波が打ち寄せる景勝地となっている。

創建は不明だが、古代以来の海洋信仰の聖地で、社伝によれば本殿のある洞窟は、トヨタマビメが山幸彦の御子《みこ》（ウガヤフキアエズ）を生むための産屋《うぶや》が建てられた場所とされ、縁結び・夫婦和合・子授け・安産などの神として信仰を集めている。

本殿前に亀石《かめいし》と呼ばれる枡形《ますがた》の岩がある。そこに男性は左手、女性は右手で願いを込めながら運玉《うんだま》を投げる。入れば、願いが叶うという。この亀石は霊石で、トヨタマビメが海の底の宮殿から山幸彦を追って地上へやって来るさい、乗ってきた亀が石と化したものと伝えられている。境内にはウガヤフキアエズの陵墓とされる古墳もある。

また、『古事記』には記されていないこんな物語が、当社には伝わっている。トヨタマビメは生まれた子を置いて海底の宮殿へ帰る途中、自分がいなくても子どもが育つようにと、自分の乳房をちぎって岩に貼り付けた。それが本殿の建つ洞窟にあるお乳岩《ちちいわ》だという。子どもを残して海底へ去るのはさぞ辛く、心配だったにちがいないと思う人々の気持ちを、のちの人々が語り継いできたのだろうと言われる。

主祭神《しゆさいじん》は、日子波瀲武鸕鷀草葺不合尊《ひこなぎさたけうがやふきあえずのみこと》と表記されている。

また、相殿《あいどの》に祭られている次の五人は、大日孁貴《おおひるめのむち》（＝天照大御神《あまてらすおおみかみ》）・天忍穂耳尊《あめのおしほみみのみこと》・彦火瓊々杵尊《ひこほのににぎのみこと》・彦火々出見尊《ひこほほでみのみこと》・神日本磐余彦尊《かむやまといわれひこのみこと》（＝のちの神武天皇）と、表記されている。すでに述べたが、相殿は、同じ社殿に二柱以上の神を合祀することをいう。

社名の「ウド」は、空《うつ》、洞《うろ》に通じる呼称で、内部が空洞になった場所を意味するようだ。祭神名の「鸕鷀《う》」が鵜を意味するのにちなんで、「鵜戸」の字が当てられている。

宮崎では大正の初め頃まで、結婚すると当神宮へお参りする習わしがあったという。新婚夫婦は手甲《てこう》脚絆《きやはん》に草鞋《ぞうり》履《ば》きという旅姿で、七浦七峠を越えてお参りにくる。美しく飾った馬に花嫁を乗せ、花婿が手綱を引くと、馬についた鈴が「シャンシャン」と鳴ったことから、「シャンシャン馬道中」といったそうだ。けれども明治の中頃から廃《すた》れ、現在は三月末の日曜日に、行事としての「シャンシャン馬道中」が行なわれている。

*

ウガヤフキアエズを祭る神社はほかにもあります。宮崎県宮崎市の宮崎神宮《みやざきじんぐう》や、石川県加賀市の菅生石部神社《すごういそべじんじゃ》、またすでに紹介した愛知県知立市の知立神社《ちりゅうじんじゃ》などです。

⑥ カムヤマトイワレビコ（のちの神武）の誕生

姉のトヨタマビメに代わって甥っ子のウガヤフキアエズを育てたタマヨリビメは、成長したウガヤフキアエズに求愛され、それを受け入れて四人の男神《おがみ》をもうけた。長男・イツセノ命《みこと》（五瀬命）、二男・イナヒノ命《みこと》（稲氷命）、三男・ミケヌノ命《みこと》（御毛沼命）、四男・ワケミケヌノ命《みこと》（若御毛沼命。別名トヨミケヌノ命《みこと》＝豊御毛沼命、またカムヤマトイワレビコノ命《みこと》＝神倭伊波礼毘古命）の四人である。

この末っ子のカムヤマトイワレビコノ命《みこと》が、のちに神武《じんむ》天皇と呼ばれるようになり、初代天皇となる。

つまり、山幸彦の孫にあたる神武天皇は、アマテラス大御神《おおみかみ》の長男・アメノオシホミミノ命《みこと》（ニニギの父）の四代後の子孫となるのである。

さて、四人の男神を生んだタマヨリビメだが、彼女はすでに紹介した「白羽神社《しろわじんじゃ》」や「知立神社《ちりゅうじんじゃ》」などで姉のトヨタマビメと一緒に祭られている。そのほかにも京都市左京区の「賀茂御祖神社《かもみおやじんじゃ》」や、千葉県長生郡の「玉前神社《たまさきじんじゃ》」、奈良県吉野《よしの》郡の「吉野水分神社《みくまりじんじゃ》」などにも祭られている。

タマヨリビメを祭る神社

⛩「賀茂御祖神社《かもみおやじんじゃ》」

京都市左京区下鴨泉川町にある賀茂御祖神社は、山城国《やましろのくに》（京都府南東部）の一の宮として古くから信仰を集めている。鴨川の下流にあるところから「下鴨《しもがも》さん」とか「下鴨神社」とも呼ばれ、縁結び・子育ての神として信仰を集めている。

本殿は東殿と西殿とがあり、ともに国宝に指定されている。

西殿の祭神《さいじん》は、賀茂建角身命《かもたけつのみのみこと》、東殿は玉依媛命《たまよりひめのみこと》と表記されている。カモタケツノミノ命《みこと》というのは、古代の京都をひらいた神といわれる。このタマヨリヒ（ビ）メノ命《みこと》は、『山城国風土記《やましろのくにふどき》』に見える女神《めがみ》で、カモタケツノミノ命《みこと》の娘と言われる。

すると、『古事記』に出てくるワタツミノ神の娘ではないことになるのだが……。

じつは、「玉依《たまより》」というのは「霊憑《たまより》」からきたもので、神霊が依《よ》り憑《つ》くという意味。したがって「タマヨリヒ（ビ）メ」というのは、「神霊の依り憑く乙女＝神に仕える巫女」をさす普通名詞だという説がある。つまり、コノハナノサクヤビメなどのような固有名詞ではなく、巫女の働きを象徴する一般的な呼称だから、「タマヨリヒ（ビ）メ」は、巫女的霊能力のある乙女の総称だという。

そうであるなら、『風土記』のタマヨリヒ（ビ）メも『古事記』のタマヨリビメも、同一神ということになる。

当地には、こんな言い伝えがある。タマヨリヒメが鴨川で禊《みそぎ》をしていると、上流から丹塗矢《にぬりや》が流れて来たので拾って家の床の間に飾っておいたところ、矢は美しい男神《おがみ》（オオヤマクイの神＝火雷神《ほのいかづちのかみ》）になり、タマヨリヒメと契《ちぎ》りを結んだ。それでタマヨリヒメは、カモワケイカヅチノ命《みこと》（賀茂別雷命）を生んだ――。

また、神武《じんむ》天皇の東征のさいに道案内をした八咫烏《やたがらす》は、『古事記』『日本書紀』に、カモタケツノミノ命《みこと》の化身と伝えられている。だから、導きの神としても信仰されている。

当社は、世界文化遺産としてユネスコに登録されている。

「玉前神社《たまさきじんじゃ》」

千葉県長生《ちょうせい》郡一宮町にある玉前神社は、古くは上総国《かずさのくに》（千葉県中央部）の一の宮として崇敬された古社で、朝廷・豪族・幕府の信仰を集めたという。

けれども創建年代は不明。というのは十六世紀半ば（永禄年間）の戦火で、社殿・宝物・文書などを焼失したからだが、当地に鎮座してから少なくとも千二百年以上が経過していることは間違いないと言われる。

社殿は、本殿・幣殿・拝殿がつながった権現造《ごんげんづく》り（石の間造りともいう）。いずれも江戸時代の一六八七（貞享四）年の造営で、県指定文化財である。

祭神《さいじん》は、玉依姫命《たまよりひめのみこと》と表記されている。

言い伝えでは、タマヨリヒ（ビ）メは、海からこの地に上がり、姉のトヨタマビメに託された御子《みこ》、ウガヤフキアエズノ命《みこと》を養育し、のちにそのウガヤフキアエズと結ばれ、初代天皇となる神武《じんむ》を生んだという。まさに『古事記』に記されたとおりであるが、上陸した土地が同じではないようだ。

洞窟の中に朱塗りの色鮮やかな本殿が建つ
（宮崎県／鵜戸神宮）

鬼の洗濯岩と青島神社
（宮崎県）

社名の「玉前《たまさき》」は、祭神に由来するという説や、九十九里浜を古くは「玉の浦」とたたえ、その南端にあるところから玉崎(前)となったという説など、諸説がある。昔から当社は、女性、特に母性を尊び守護する神社として知られている。縁結び・子授け・安産などの女神《めがみ》として信仰を集め、女性の参詣客が多いようだ。

境内には「子宝・子授けイチョウ」と呼ばれるイチョウの木があり、雄株→雌株→実生の子供イチョウの順番に触れてお祈りすれば、子宝に恵まれるという。

例祭は九月十三日で、「上総十二社祭り」、または「上総裸祭り」と呼ばれる裸祭りが行なわれる。これは県の無形文化財に指定されている。

⛩「吉野《よしの》水分神社《みくまりじんじゃ》」

奈良県吉野郡吉野町にある吉野水分神社は、大和国《やまとのくに》(奈良県全域)の四所水分神社《よんしよみくまりじんじゃ》の一つとして古くから信仰されてきたという。「みくまり」の「み」は「水」、「くまり」は「配り」の意で、山から流れ出る水が分岐するところ(分水嶺)。あるいは水を分けること、調節することだ。

もともとは吉野山の最奥部、吉野町・黒滝村・川上村の境に位置する青根ヶ峰に位置していたといわれる。青根ヶ峰は吉野川の源流となる山で、「水分《みくまり》」の神がおわす地にふさわしいといえる。

主祭神《しゅさいじん》は、天之水分大神《あめのみくまりのおおかみ》と表記されている。この主祭神と縁故のある神として玉依《たまより》姫命《ひめのみこと》や、高皇《たかみ》産霊神《むすひのかみ》・少名《すくな》彦神《びこのかみ》・天津《あまつ》彦火《ひこほのに》瓊々《に》杵命《ぎのみこと》などが配祀《はいし》されている。

当社は、「みくまり」が「みこもり」となまって、平安時代中期ごろから「子守明神」と呼ばれるようになり、子授けの神として信仰を集めてきたという。本居宣長の両親も子守明神に祈願したので本居宣長を授かり、豊臣秀吉もここを訪れ秀頼を授かったそうだ。

現在の社殿は、その秀頼によって一六〇五（慶長十）年に創建されたものという。

＊

タマヨリビメを祭る神社はほかにも、新潟県加茂市の青海《あおみ》神社《じんじゃ》、岡山県岡山市の玉《たま》井《い》宮東照宮《ぐうとうしょうぐう》、福岡県飯塚市の大分《だいぶ》八幡宮《はちまんぐう》などがあります。

一説によれば、タマヨリビメは八幡宮に祭られている比《ひ》売神《めのかみ》と伝わることから、多くの八幡系の神社で祭られていると言われます。

＊

さて、叔母のタマヨリビメが甥っ子のウガヤフキアエズとのあいだにもうけた四人の男神《おがみ》だが、『古事記』によれば二男のイナヒノ命《みこと》（稲氷命）は母であるタマヨリビメの故郷を訪ねて海原《うなばら》の奥へと旅立って行く。また、三男のミケヌノ命《みこと》（御毛沼命）は海のはるか彼方にある常世国《とこよのくに》へ渡っていくのである。

＊

次の六章では、地名は日向国《ひゅうがのくに》（宮崎県）と表記するのではなく、あえて宮崎県（日向国）というように、現在の地名を先に出します。そのほうが東征《とうせい》ルートを実感しやすいと考えたからです。東征は、東方の敵を征伐《せいばつ》するということです。

第六章

山幸彦の孫たちの東征

1　悲喜こもごもの戦い

❶ 兄弟の船出

タマヨリビメ（玉依毘売）は、姉のトヨタマビメ（豊玉毘売）に代わって自分が乳母《めのと》となり養育した甥《おい》っ子の、ウガヤフキアエズノ命《みこと》（鵜葺草葺不合命）と契《ちぎ》りを結び、四人の男神《おがみ》を生んだ。いずれも天《あま》つ神《かみ》の御子《みこ》である。

その御子のうち、二男と三男は前章で述べたように、それぞれ宮崎県（日向国《ひゅうがのくに》）の高千穂《たかちほ》の宮《みや》から旅立って行く。

長男のイツセノ命《みこと》（五瀬命）と、四男のワケミケヌノ命《みこと》（若御毛沼命。別名トヨミケヌノ命《みこと》＝豊御毛沼命、またカムヤマトイワレビコノ命《みこと》＝神倭伊波礼毘古命）の二人は、高千穂の宮で国を治めることになる。

ある日、イツセとカムヤマトイワレビコの兄弟は、宮崎県（日向国）は国土の端《はし》っこにあるので天下をすみずみまで安らかに治めにくい。どのへんの土地に住めば一番、天下を広く治められるだろうかと話し合う。その結果、もっと東へ行ってみようということになり、戦闘集団（久米部《くめべ》）を引き連れて東征《とうせい》をはじめる。

一行は宮崎県（日向国）から福岡県（筑前・筑後）など九州の北半分にあたる地域（筑紫《つくし》）へ向かって船出し、東海岸を北上する。

② 兄の戦死

宮崎県（日向国）の東海岸を、船で北上したイツセ・カムヤマトイワレビコ兄弟の一行は、途中、大分県宇佐市（豊国《とよくに》の宇沙）に到着する。

この地のウサツヒコ（宇沙都比古）とウサツヒメ（宇沙都比売）という兄妹は一行に恭順の意を表わし、宮殿をつくって歓待する。

一行はそれから福岡県遠賀《おんが》郡（岡田の宮）に行き一年、その後、広島県安芸《あき》郡（多《た》祁理《けり》の宮《みや》）に行き七年、さらに岡山市南区宮浦（吉備《きび》の高島の宮）に行き八年、それぞれに居を構えて滞在する。すでに宮崎県（日向国《ひゅうがのくに》）を出てから十六年以上は経《た》っている。

さらに一行は船に乗って東へと進軍する。明石海峡（速吸門《はやすいのと》）で出会った国《くに》つ神《かみ》・ウヅビコ（宇豆毘古）に水先案内をしてもらい、彼に見返りとしてサオネツヒコ（槁根津日子）という名を与える。

そうこうするうち一行の船は、波の荒い大阪湾沿岸（波速渡《なみはやのわたり》）を過ぎて、波の静かな東大阪市日下《くさか》町の港（河内《かわち》の白肩《しらかた》の津）に停泊する。淀川支流の川べりである。

ここには奈良市（登美《とみ》）の生駒《いこま》山を支配する豪族・ナガスネビコ（那賀須泥毘古）がいて、その軍隊が一行を待ち伏せしている。彼らは名前の通り長い脛を持っていて、強力であった。激しい攻防戦がはじまり、長男・イツセは敵の矢を受けて深傷《ふかで》を負ってしまう。

弟のカムヤマトイワレビコは船から楯を取り出して奮戦する。それでここを楯津《たてつ》と名付けるが、その後、日下の蓼津《たでつ》と呼ばれるようになると、『古事記』は記している。

深傷を負ったイツセはこう考える。「自分は日の神（太陽神＝アマテラス大御神《おおみかみ》）の子孫であるのに、太陽の方角に刃を向けた。だから身に痛手を負ったのだろう」

それゆえ太陽を背に負う陣形にして戦おう――。と、一行は南へ回る。そして大阪（河内）から和歌山（紀伊）へ至る海に出る。その海で、イツセは血にまみれた手を洗い清める。傷は深く、海は真っ赤に染まる。それでこの周辺は血沼海《ちぬのうみ》と呼ばれるようになると、『古事記』は記している。

一行が大阪府南部（和泉国《いずみのくに》）の沿岸から和歌山県（紀国《きのくに》）の紀ノ川の河口（男之水門《おのみなと》）にまでやってきたときイツセが突然、

「私は死ななければならないのかッ。おお――ッ」

と、雄叫《おたけ》びをあげ、息を引き取ってしまうのである。

③ タカクラジと八咫烏《やたがらす》の出現

兄を失った弟のカムヤマトイワレビコは悲しみを抑《おさ》えながら戦闘集団（久米部《くめべ》）を引き連れて進路を迂回《うかい》、紀伊半島南部、熊野灘沿岸地域（熊野）の村に入る。けれども荒《あら》ぶる神《かみ》の化身である大熊《おおぐま》が出現し、その毒気（霊力）にあたって一行は意識を失い倒れ込んでしまう。

このとき、熊野の国つ神《くにかみ》であるタカクラジ（高倉下）が駆けつける。倒れたカムヤマトイワレビコに一振りの剣《つるぎ》を差し出すと、たちまちカムヤマトイワレビコの意識が戻る。剣の威力に驚いたカムヤマトイワレビコが、この剣をどこで手に入れたのかと尋ねると、タカクラジは自分の見た夢をこう語る。

「タカミムスヒノ神（高御産巣日神）とアマテラス大御神《おおみかみ》のお二人が、タケミカヅチノオノ神（建御雷之男神）を呼び出し、大御神がこう言っていました。葦原《あしはら》の中《なか》つ国《くに》が騒がしく、何やら乱れているらしい。私の御子《みこ》たちが困っている。あそこはそなたが平定、帰順させたのだから、今度もそなたが天下《あまくだ》って何とかしてくるがいい、と。けれどもタケミカヅチノオノ神は、こうご返事なされました。国つ神のオオクニヌシ一家を帰順させたときに使った剣がありますので、それを私の代わりに熊野に降ろしてやりましょう。そこにタカクラジという者がおりますので、その倉の屋根に穴をあけてそこから剣を床に落としましょう。タカクラジには、朝、目を覚ましたら、その剣を持ってカムヤマトイワレビコノ命《みこと》のところへ行き、差し出すよう伝えておきます、と。で、私が朝、目を覚ましますと、夢の中の話のとおり倉の床に剣が落ちていましたので持参いたしたしだいです」

この剣の名は、サシフツノ神（佐士布都神）、別名ミカフツノ神（甕布都神）、またフツノ御魂《みたま》（布都御魂）ともいい、石上《いそのかみ》の神宮にあると、『古事記』は記している。

カムヤマトイワレビコはタカクラジの話を聞いて深く頷《うなず》き、剣の威力に納得する。

そのカムヤマトイワレビコに、タカクラジはタカミムスヒノ神からこんな命令があったと伝える。

「これより奥地へ入ってはいけない。荒々しい邪神《じやしん》がはびこっている。今、天から八《や》咫烏《たがらす》を送り届けよう。それに従って道を進むがいい」

こうして先導役の三本足のカラスが天上界から舞い降りてくる。

＊

タカミムスヒノ神は一章で述べましたように、天上界に二番目に立ち現われる創造神です。最初に立ち現われるのは、天地を主宰するアメノミナカヌシノ神（天之御中主神）です。

＊

さて、熊野の荒《あら》ぶる神《かみ》の化身である大熊の毒気にあたり意識を失って倒れたカムヤマトイワレビコの一行を救った国つ神・タカクラジだが、彼を祭るのが三重県伊賀市の「高倉神社《たかくらじんじゃ》」や、名古屋市熱田区の「高座結御子神社《たかくらむすびみこじんじゃ》」などである。

また、タケミカヅチが地上へ降ろした剣、フツノ御魂《みたま》を祭るのが、奈良県天理市にある「石上神宮《いそのかみじんぐう》」である。

タカクラジを祭る神社

「高倉神社《たかくらじんじゃ》」

三重県伊賀市西高倉にある高倉神社は、本殿を中央に、右に八幡社、左に春日社と三社信仰を今に伝える古社である。これら三社は、十六世紀後半の桃山時代の彫刻や色づかいが特徴的で、国指定の文化財となっている。

主祭神《しゅさいじん》は、高倉下命《たかくらじのみこと》と表記されている。

じつは「高倉下」というのは、「高い倉の主」の意であるという。だから倉庫・運輸業界の神として、その方面から信仰を集めている。境内には社団法人「日本倉庫協会」の鎮魂の碑や、「静岡県倉庫協会」の記念植樹などがあって、その業界から崇敬されていることがわかる。毎年七月十三日に行なわれる夏の大祭、「倉暉祭《そうきさい》」には全国各地から倉庫・運輸業界の人々が参列し、倉庫守護と交通安全を祈願する。地元児童の巫女による神楽《かぐら》や、雅楽《ががく》「蘭陵王《らんりょうおう》」が演奏され、境内は荘厳な空気に包まれるという。

タカクラジの七世の孫にあたるという倭得玉彦命《やまとえたまひこのみこと》が配祀されているが、社伝によると、そのヤマトエタマヒコノ命《みこと》が当地に住み、タカクラジを祭ったのが始めとされる。また、ヤマトエタマヒコノ命《みこと》は卑弥呼《ひみこ》の父親という見方がある。ひょっとすると当社は邪馬台国《やまたいこく》建国の謎を解く可能性があるのかもしれない。

例祭は十月十五日だが、そのほかの主な祭典は二月二十一日の祈年祭、四月第二土曜日（ただし隔年）の御灯祭《おとうまつり》、十一月二十七日の新嘗祭《しんじょうさい》などがある。

「高座結御子《たかくらむすびみこ》神社《じんじゃ》」

この神社は、名古屋市熱田区にある熱田神宮の境外摂社《けいがいせつしゃ》である。境外摂社とは、繰り返しになるが、本社（この場合、熱田神宮）に付属し、本社の祭神（熱田大神＝アマテラスとスサノオ）と縁故の深い神を祭った境外《けいがい》（境内の外）にある神社のことだ。

祭神《さいじん》は、高倉下命《たかくらじのみこと》と表記されている。

明確な創建年代は不明だが、天武《てんむ》天皇（?〜686）の時代と言われる。かつては織田信長が造営し、蜂須賀氏が修造したとされる尾張造りの本殿があったが、戦災で焼失。現在の社殿は、一九六三（昭和三十八）年に尾張造りを原型として、改良した形で造営されたものだという。

例祭は六月一日だが、そのほか初午《はつうま》の日の「稲荷社祭」や、旧初午の日に行なわれる「春季大祭」、四月三日の「子預祭《こあずけさい》」、土用入りの日の「御井祭《みい》」、十一月八日の「秋季大祭」など、多くのイベントがある。

「子預祭」は、幼児の成長と虫封じを祈願するお祭り。十五歳まで子どもを祭神に預けて無事に成長した暁にお礼参りをするという。土用入りの日に行なわれる「御井祭」では、親子連れが行列をなして賑《にぎ》わう。この日と六月一日の例祭の日に、社殿の左手にある御井社《みいしゃ》の井戸を子どもが覗くと虫封じの利益《りやく》があると言われるからだ。御井は、井戸の美称で、御井社は井戸に対する信仰から造られた社である。

フツノ御魂を祭る神社

⛩「石上神宮《いそのかみじんぐう》」

古代朝廷の武器庫を担《にな》っていたという説もある石上神宮は、奈良県天理市布留《ふる》町にある。

記録上では伊勢の神宮と同じく一番古く神宮号を称している日本最古の神社の一つだが、別名も多い。たとえば石上振神宮《いそのかみふるじんぐう》、石上坐布都御魂神社《いそのかみにますふつのみたまじんじゃ》、石上布都御魂神社《いそのかみふつのみたまじんじゃ》、石上布都大神社《いそのかみふつおおかみのやしろ》、布留社、石上神社などである。

また、幕末から明治期、地元では「いわがみさん」と呼ばれていたという。

主祭神は、布都御魂大神《ふつのみたまのおおかみ》と表記されている。これはご神体《しんたい》の布都御魂剣《ふつのみたまのつるぎ》に宿る神霊のことで、健康長寿・病気平癒・除災招福・百事成就の守護神として信仰されてきた。

社伝によると、布都御魂剣はタカクラジからカムヤマトイワレビコ（のちの神武《じんむ》天皇）に渡った。カムヤマトイワレビコは橿原《かしはら》の宮《みや》で即位後、この剣を物部《もののべ》氏の遠祖・宇摩志麻治命《うましまじのみこと》に命じて宮中に祭った。のち勅命《ちょくめい》により、物部氏の祖が現在地、石上布《いそのかみふ》留高庭《るのたかにわ》に遷《うつ》し、「石上大神《いそのかみおおかみ》」として祭ったのが当神宮のはじまりだという。

また、スサノオがヤマタノオロチ（八岐大蛇）を斬ったときの十拳剣《とつかのつるぎ》が、石上布都《いそのかみふつみ》魂神社《たまじんじゃ》（現・岡山県赤磐市）から当神宮へ遷《うつ》されたとも伝えている。この十拳剣は石上布都魂神社では、明治以前には布都御魂剣と伝えていたという。

ところで伊勢神宮の古名とされる「磯宮《いそのみや》」と「石上《いそのかみ》」とに、何らかの関係があると言われる。かつて大和盆地は大きな湿地帯だった。その湿地帯ぎわに祭られていたという石上神宮。その「いそ（石）」というのは、本来、「みぎわ」「なぎさ」を意味する「磯」であり、「かみ」とは「そのあたり」「周辺」という意味であるからのようだ。

それはさておき、当神宮は古くから「鎮魂祭《たましずめのまつり》（みたまふりのまつりとも）」という特殊神事を受け継いでいる。これは鎮魂といっても死者の霊魂を鎮めるのではない。活力の衰えた魂を振り動かし、新たな活力を与える「魂《たま》振り」という「再生の呪術《じゅじゅつ》」のことだ。ものがエネルギーをもって発動するさまを「ふる（振る・震る）」というが、それを起こさせる呪術である。こんな呪言《じゅげん》（十種　祓詞《とくさのはらえことば》）を唱えるという。「ふるべ（布瑠部）ゆらゆら（由良由良）とふるべ　かくな（為）してはまかりしひと（死人）もいきかえ（生反）らむ」

衰えた魂に活力が与えられ再生できるというので、この霊威を頼って参拝に来る人も少なくないという。

＊

「ふる」は「布留」で、「石上」は「布留」にかかる枕詞です。『万葉集』（柿本人麻呂歌集　２４１７）にこうあります。

石上布留の神杉《かむすぎ》神《かむ》さぶる　恋をもわれは更にするかも
（石上神社の神木の杉の大木のように老いた身で、また私は恋をするのかなあ）

ちなみに原典の表記は漢字（万葉仮名）十二文字で、「石上 振神杉 神成 戀我 更為鴨」となっているそうです。

また、『万葉集』には死者の魂を呼び寄せようと袖を「振る」しぐさが出てきます。この袖を振るという古代特有のしぐさは、愛し合う男女のあいだでも歌われていますが、これは親愛の情を表わすものではなく、恋する相手の魂を自分のほうへ招き寄せる呪術的な行為と言われます。

＊

さて、熊野の国《くに》つ神《かみ》・タカクラジに窮地を救われたカムヤマトイワレビコの一行だが、このあと天上界から派遣されてきた三本足の八咫烏《やたがらす》に先導されて進むことになる。その八咫烏を祭るのが、奈良県宇陀市の「八咫烏神社《やたがらすじんじゃ》」である。

ヤタガラスを祭る神社

「八咫烏神社《やたがらすじんじゃ》」

奈良県宇陀市榛原にある八咫烏神社の創始は、文武《もんむ》天皇の時代、七〇五（慶雲二）年と言われる。その年、「八咫烏社を祭る」という記述が『続日本紀』に見えるからだという。

カムヤマトイワレビコ一行の東征のさい、熊野の山中から奈良県（大和《やまと》）への道案内をしたという八咫烏は、社伝によるとタカミムスヒノ尊《みこと》（神皇産霊尊＝タカミムスヒノ神＝高御産巣日神）の孫、カモタケツヌミノ命《みこと》（鴨建角身命）の化身という。

タケツヌミノ命《みこと》は、山城《やましろ》（京都府南東部）の鴨県主《かものあがたぬし》（地方官）の祖とされる。したがって、大嘗祭《だいじょうさい》で天子（天皇）を先導する役にたずさわっていた鴨（賀茂）氏の職掌が説話化されたものと言われる。

古来、軍神《ぐんしん》（武神《ぶしん》）として崇敬され、南北朝時代（1336〜1392年）には後醍醐《ごだいご》天皇の篤い信仰により当社は大いに栄えたと伝えられている。

八咫烏の咫《あた》は長さの単位で、親指と人差指を広げた長さ（約十八センチ）をいう。したがって八咫烏は体長が一・四メートルを越える巨大なカラスとなる。

熊野地方では、三本足の八咫烏は太陽の化身、またはミサキ神（神使《しんし》＝神の使い）として信仰されてきた。熊野三山の幟《のぼり》には八咫烏が描かれている。ちなみに、熊野本宮では一月七日に太陽の蘇《よみがえ》りを表わす「八咫烏神事」を行なっている。

＊

カモタケツヌミの化身という八咫烏を祭る神社は、ほかにも京都市の下鴨神社（賀《か》茂《も》御《み》祖神社《おやじんじゃ》）などがあります。

2　戦いすんで即位と崩御

①神武《じんむ》天皇の誕生

カムヤマトイワレビコノ命《みこと》（神倭伊波礼毘古命）の一行は熊野灘沿岸の村から、やがて吉野川の川下に至る。

吉野川は奈良県、紀伊山地の最高峰付近を水源とする川であり、和歌山県に入って紀ノ川となり、紀淡海峡《きたんかいきょう》（紀伊半島と淡路島の間にある海峡）に注ぐ。

一行は、吉野川の川下地域、奈良県五條市付近（阿陀《あだ》）で、鵜飼《うが》いの先祖にあたるというニエモツノコ（贄持之子）と出会う。また、奈良県南部、紀伊山地中北部の吉野郡一帯（吉野）の首《おびと》（族長）の先祖であるイヒカ（井氷鹿）が、ぴかぴか光る井戸（泉）から現われたりするが、いずれの国《くに》つ神《かみ》も逆らわずに帰順した。

それから山の中へ踏み入ると、一行の前に――。

吉野の国巣《くず》（土着民）の先祖、イハオシワクノコ（石押分之子）が現われる。天《あま》つ神《かみ》の御子《みこ》の出迎えにきたと言い、これもまた逆らわない。

さらに山坂を進んで道なき道を踏み越えていき、奈良県東部の宇陀郡《うだぐん》（宇陀）にいたる。この地には、エウカシ（兄宇迦斯）・オトウカシ（弟宇迦斯）という兄弟がいる。

カムヤマトイワレビコはあらかじめ八咫烏《やたがらす》を使いに出すが、兄のエウカシは帰順しないと言い、弟のオトウカシはカムヤマトイワレビコに協力すると言う。オトウカシは奈良県東部の宇陀郡一帯の水取《もひとり》（宮中の飲料水を管掌する部民）の先祖である。

そのオトウカシの協力を得て、カムヤマトイワレビコはエウカシを自滅させる。

それから一行は、奈良県桜井市の泊瀬《はつせ》渓谷あたり（忍坂《おさか》の大室《おおむろ》）へ至る。ここには、土着民の一族・土雲《つちぐも》ヤソタケル（八十建）がいる。彼らも帰順するつもりがなく、一行を待ち伏せているが、カムヤマトイワレビコは一計を案じて打ち負かす。

さらに道を進み、兄イツセの戦死の原因となった戦いの相手、奈良市（登美）のナガスネビコ（那賀須泥毘古）を討つ。また、奈良県磯城郡《しき》（師木）のエシキ（兄師木）・オトシキ（弟師木）の兄弟も討つ。

このようにカムヤマトイワレビコの一行は苦戦に耐えながら、逆らう相手を平定・帰順させ、服従しない者を追い払った。そしてついに奈良県橿原市の中心（大和の畝《うね》傍《び》）にたどりつき、ここに「橿原《かしはら》の宮《みや》」を置いてカムヤマトイワレビコは即位、天下を治めることになる。すなわち、初代神武《じんむ》天皇の誕生である。

さて、神武天皇を祭る神社は、すでに紹介した宮崎県日南市の鵜戸《うど》神宮《じんぐう》があるが、日本の一部ではなく全国に分布している。たとえば奈良県では七社、宮崎県では十五社、一番多いのは熊本県で七十社と言われる。この項では、神武天皇を主祭神《しゆさいじん》とする宮崎県宮崎市の「宮崎神宮《みやざきじんぐう》」と、奈良県橿原市の「橿原神宮《かしはらじんぐう》」を紹介する。

カムヤマトイワレビコ（のちの神武）を祭る神社

「宮崎神宮《みやざきじんぐう》」

宮崎県宮崎市神宮にある宮崎神宮は、当地にかなり古くから鎮座《ちんざ》していたのは確からしいが、由緒は不明であるという。

社殿は流造《ながれづく》りで、清楚である。流造りというのは、神社で最も普通にみられる本殿建築様式の一つで、切妻造《きりづまづく》りの屋根（棟の両側に流れる二つの斜面からできている山形の屋根）の前面が長く延びて、向拝《こうはい》（社殿の正面に本屋から張り出して庇《ひさし》を設けた部分＝礼拝する所）をなしているものをいう。

主祭神《しゆさいじん》は、神日本磐余彦天皇《かむやまといわれひこのすめらみこと》（＝神武天皇）と表記されている。左の相殿《あいどの》に、父神の鸕鶿草葺不合尊《うがやふきあえずのみこと》、右の相殿に母神の玉依姫命《たまよりひめのみこと》が祭られている。

境内には樹齢四百年以上と推定される天然記念物の「オオシラフジ（マメ科の蔓性植物）」があり、当神宮の森は野鳥たちの楽園となっている。

例祭は十月二十六日。例祭後の土・日曜日には、大祭《たいさい》（御神幸祭《ごしんこうさい》）が行なわれる。

当神宮から瀬頭《せがしら》と大淀の御旅所《おたびしょ》（隔年で交替）まで神輿《みこし》を中心にシャンシャン馬で道行きするパレードや、稚児《ちご》行列が練り歩く。シャンシャン馬パレードは、すでに紹介したように飾り付けた馬に花嫁を乗せて道行きをするというもので、この祭りの名物となっている。

月次祭《つきなみのまつり》（月ごとに行なわれる祭り）は三日。四月三日は「神武《じんむ》天皇祭《てんのうさい》」で、鎌倉武士装束の騎馬武者が、疾走する馬の上から的を射る流鏑馬《やぶさめ》が行なわれる。見事に命中すると、的から紙吹雪が舞うという趣向で、観客から大きな拍手がわき起こる。ちなみに、この日は神武天皇崩御の日であるという。

六月三十日は、夏越大祓《なごしのおおはらえ》、七月十日は除蝗祈願祭《じょこう》（虫除けの祭り）、同月二十四日は、摂社《せつしゃ》の夏祭りが行なわれる。八月二十五日には風鎮祭《ふうちんさい》（風鎮めの祭り）がある。また、十一月二十三日には新穀感謝の祭りである新嘗祭《にいなめさい》が行なわれる。

このように年間を通じて約千回のお祭りが行なわれ、参拝客も多い。

「橿原神宮《かしはらじんぐう》」

奈良県橿原市にある橿原神宮は、神武天皇が橿原の宮で即位したという古事記・日本書紀の記述に基づいて一八九〇（明治二十三）年に、その橿原の宮の跡地に建てられた神社である。

祭神《さいじん》は、神武天皇とその皇后（媛蹈鞴五十鈴媛《ヒメタタライスズヒメ》）。

橿原市の畝傍山《うねびやま》の東麓《とうろく》は北側が神武天皇の御陵《ごりょう》で、南側が橿原神宮となっている。

その広大な神域に建てられた檜皮葺《ひわだぶ》き（檜の樹皮を屋根に使ったもの）で素木《しらき》造りの本殿と神楽殿は、玉砂利の参道と深い森の緑に調和して、なんともいえない爽《さわ》やかさと厳《おごそ》かな雰囲気を生み出しているといわれる。

本殿は、京都御所の賢所《かしこどころ》を移築したもので、本殿と神楽殿を訪ねると日本の伝統的な建築美を味わうことができるそうだ。また、畝傍山の付近には多数の陵墓《りょうぼ》が存在する。

二月十一日の建国記念日には「紀元祭」、また四月三日には勅使参向《ちょくしさんこう》の「神武天皇祭」や、奉祝行事《ほうしゅく》の「春の神武祭」が行なわれる。勅使参向《ちょくしさんこう》は、天皇の派遣する使者が出向くということだ。

当神宮は近代の創建ではあるが、奈良県内では春日大社とともに初詣での参拝者が多い神社といわれる。

＊

賢所《かしこどころ》は、宮中でアマテラス大御神《おおみかみ》の御霊代《みたましろ》として八咫鏡《やたのかがみ》を安置している所。現在は皇居の吹上御苑《ふきあげぎょえん》にあります。

＊

さて、『古事記』によれば、カムヤマトイワレビコ（のちの神武《じんむ》天皇）は宮崎県（日向国《ひゅうがのくに》）から東へ向けて進み、奈良県（大和国《やまとのくに》）の橿原《かしはら》に「橿原の宮」を置いて即位するが、この東征《とうせい》の途中、彼は一人の乙女にも声をかけていない。つまり、恋をしていないのである。これまでの天《あま》つ神《かみ》の子孫、スサノオやニニギ、山幸彦たちとは大違いである。東征は、苦戦に耐えながらの戦いに継ぐ戦いで、恋をしている暇などなかったのだろう。

けれども東征という目的を果たした今、カムヤマトイワレビコは「橿原の宮」で妃《きさき》を娶《めと》り、三人の男神《おがみ》をもうける。その経緯は『古事記』によると——。

②初代天皇の崩御

奈良県（大和国）に落ち着いたカムヤマトイワレビコには、じつは宮崎県（日向国）の「高千穂《たかちほ》の宮《みや》」にアヒラヒメ（阿比良比売）という妃がいる。そのアヒラヒメとのあいだに二人の御子《みこ》、タギシミミノ命《みこと》（多芸志美美命）とキスミミノ命《みこと》（岐須美美命）をもうけていたが、東征にあたり彼女を同伴しなかった。それで「橿原《かしはら》の宮《みや》」に落ち着くや、新しい妃が必要となった。さいわい当地には神の御子と伝えられるヒメタタライスケヨリヒメ（比売多多良伊須気余理比売）という、オオモノヌシノ神（大物主神）の娘がいた。

オオモノヌシは、かつて国《くに》つ神《かみ》・オオクニヌシノ神（大国主神）の国土経営に協力した神の一人である。そのオオモノヌシが、大阪府西部と兵庫県南東部一帯、すなわち摂津国《せっつのくに》の、三島のミゾクイ（湟咋）の娘・セヤダタラヒメ（勢夜陀多良比売）とのあいだにもうけたのが、ヒメタタライスケヨリヒメである。彼女は最初、ホトタタライススキヒメ（富登多多良伊須須岐比売）と名付けられたが、今はホト（女陰）を嫌って、ヒメタタライスケヨリヒメと改めていると、『古事記』は記している。ちなみに、『日本書紀』では（媛蹈鞴五十鈴媛《ヒメタタライスズヒメ》）と記されている。

そのヒメタタライスケヨリヒメに、カムヤマトイワレビコは声をかけて成功し、彼女とのあいだに三人の男神《おがみ》をもうける。ヒコヤイノ命《みこと》（日子八井命）・カムヤイミミノ命《みこと》（神八井耳命）・カムヌナカワミミノ命《みこと》（神沼河耳命）の三人である。

こうしてカムヤマトイワレビコは百三十七歳で没したと、『古事記』は記す。

死後、カムヤマトイワレビコにおくられた漢風諡号《しごう》が神武《じんむ》なのである。ゆえに神武天皇と呼ばれる。諡号は生前の行ないを讃えて、死後におくる名のこと。じつは、神《かむ》倭伊波礼毘古《やまといわれびこ》というのは和風諡号なのである。

*

『古事記』は上・中・下巻に分かれていますが、イザナキ・イザナミの男女神による国生《くにう》みから天孫降臨《てんそんこうりん》に至る日本の建国神話は、カムヤマトイワレビコの東征《とうせい》で完結します。

中巻（初代神武天皇～第十五代応神《おうじん》天皇）・下巻（第十六代仁徳《にんとく》天皇～第三十三代

推古《すいこ》天皇）は、天皇の治世の話となります。

つまり、カムヤマトイワレビコが大和国《やまとのくに》（奈良県）に入るまでが神話時代（神代《かみよ》）で、即位してからは人間の世になるというわけです。

ですから、これまでのように神々しい人物はそれほど登場してきません。エピソードも神武天皇以外は豊富ではありません。したがって以下、『古事記』の内容に沿って適宜《てきぎ》、神とそれを祭る神社を紹介していくことにします。

神武天皇東征の経路

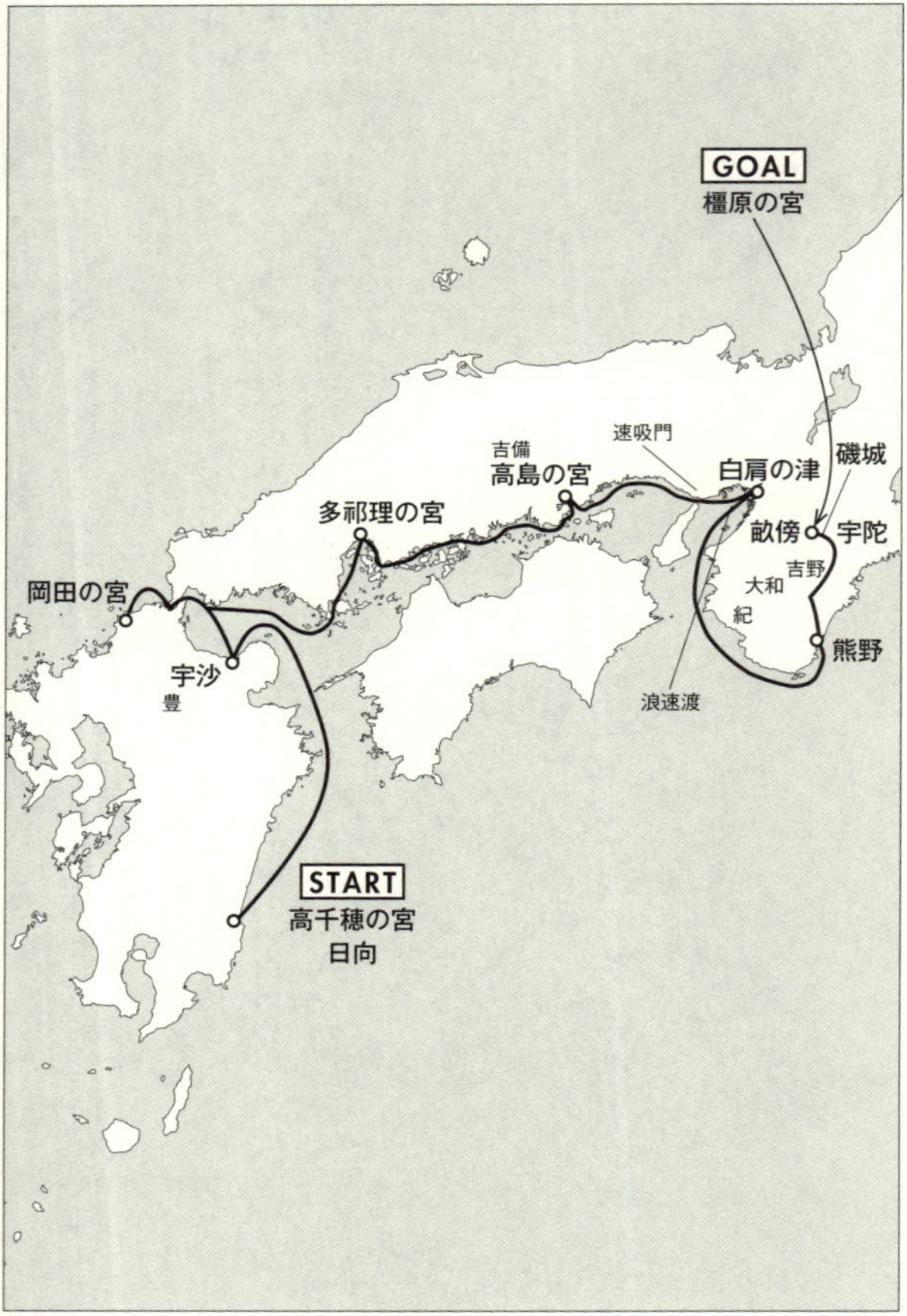
GOAL
橿原の宮
速吸門
吉備
高島の宮
白肩の津
磯城
多祁理の宮
畝傍
宇陀
吉野
大和
岡田の宮
紀
熊野
宇沙
豊
浪速渡
START
高千穂の宮
日向

第七章 神武天皇没後の神々

1 暗殺騒動と悲劇

1 皇位継承

高千穂《たかちほ》の宮《みや》でカムヤマトイワレビコノ命《みこと》（神倭伊波礼毘古命＝神武《じんむ》天皇）とアヒラヒメ（阿比良比売）とのあいだに生まれた二人の御子《みこ》のうち、タギシミミノ命《みこと》（多芸志美美命）は、父のカムヤマトイワレビコが没すると、大和国《やまとのくに》（奈良県）の「橿原《かしはら》の宮《みや》」にいる義母・ヒメタタライスケヨリヒメ（比売多多良伊須気余理比売）と契《ちぎ》りを結んで夫に納まった。次に、タギシミミは皇位継承を欲し、妻にしたヒメタタライスケヨリヒメの三人の御子、すなわち自分の異母弟たちの暗殺を企てる。

生母からタギシミミの企てを知らされた三人の御子は協力しあい、先手を打って三男のカムヌナカワミミノ命《みこと》（神沼河耳命）がタギシミミを討つ。以後、三男の勇気を讃《たた》えてカム（神）をタケ（建）に替え、タケヌナカワミミノ命《みこと》（建沼河耳命）と呼ぶようになる。「建」にはたくましい・猛々しいという意味がある。

こうしてヒメタタライスケヨリヒメが生んだ三男のタケヌナカワミミが亡くなった父、神武天皇のあとを継ぐことになり、大和国の「橿原の宮」で即位、第二代綏靖《すいぜい》天皇となるのである。

＊

神武《じんむ》天皇は初代ということもありエピソードが豊富ですが、第二代綏靖天皇から第九代開化《かいか》天皇まではこれといったエピソードがありません。もっぱら「帝紀《ていき》」、すなわちどこの誰と契りを結んで、どういう子をつくったかという天皇の系譜の記述ばかりですから、その部分を省いて第十代崇神《すじん》天皇に進みます。

② 神の御子《みこ》・オオタタネコ

のちに第十代崇神天皇と呼ばれるようになるミマキイリヒコイニエノ命《みこと》（御真木入日子印恵命）の存命中、疫病《えきびょう》（伝染病）が大流行し、死者が国中にあふれる。悲嘆にくれた天皇はついに神床《かむどこ》（神意をうかがうための床）に寝《やす》む。

その夜、天皇の夢枕にオオモノヌシノ神（大物主神）が立ち、こんな託宣《たくせん》をする。

「疫病《えきびょう》の流行は私を祭らないがゆえの祟《たた》り。オオタタネコ（意富多多泥古）という者を探し出し、私を祭らせれば、祟りは収まり、国はやすらかになるだろう」

夢のお告げである。

翌朝、天皇はただちにオオタタネコという者を探させ、参内《さんだい》させた。話をきくと、オオタタネコはオオモノヌシから数えて五代あとの、神の子孫であることがわかる。

喜んだ天皇は、オオタタネコを神主としてオオモノヌシを三輪山《みわやま》（奈良県桜井市）に祭らせた。すると、疫病の流行は収まって天下は穏やかになる。

天皇は百六十八歳で没したと、『古事記』は記している。


さて、オオモノヌシを祭ったオオタタネコだが、彼を祭神《さいじん》とする神社には鹿児島県曽於《そお》郡の「照日《てるひ》神社《じんじゃ》」がある。ちなみにオオタタネコは、『古事記』では意富多多泥古と表記されているが、『日本書紀』では大田田根子と書かれている。

オオタタネコを祭る神社

「照日神社《てるひじんじゃ》」

鹿児島県曽於郡大崎町野方にある照日神社の祭神は、大田多根子命《おおたたねこのみこと》と表記されている。隣町の志布志町《しぶしちょう》安楽《あんらく》の山宮神社《やまみやじんじゃ》の「神社明細帳」に、「照日神社は大田多根子命を祀る」と記されているからだという。

この山宮神社の創建は七〇九（和銅二）年と伝えられているが、照日神社には創建当時の文献や伝承はないという。けれども当社の宝物である古鏡が鎌倉時代のものであることから、この時代に創建されたと考えられている。

例祭は、四月三日（春祭り）と十一月三日（秋祭り）である。

オオタタネコは、オオモノヌシを祭って疫病の流行を収めたことから、病気平癒《へいゆ》の神として信仰されている。

かつては照日神社の水田から収穫された種籾《たねもみ》が届かないと、山宮神社の打植祭《うちうえまつり》（田打ち・牛使い・種蒔き・田植え舞・カギ引きなどを行なう春の行事）が出来なかったと言われたことから、当社は農耕・牛馬安全の神としても信仰されている。

＊

オオタタネコを祭る神社は、ほかにも大阪府堺市の陶荒田神社《すえあらたじんじゃ》の摂社《せっしゃ》（山田神社）や、奈良県桜井市の大神神社《おおみわじんじゃ》の摂社（若宮社）などがあります。

＊

さて百六十八歳で没したという第十代崇神《すじん》天皇の跡を継いだのは、御子《みこ》のイクメイリビコイサチノ命《みこと》（伊久米伊理毘古伊佐知命）である。

この第十一代垂仁《すいにん》天皇の時代に、またもや暗殺未遂騒動がおこる。それも、『古事記』の中で最大の悲劇といえる結末になってしまうのである。

③ 妹をそそのかす兄

第十一代垂仁《すいにん》天皇の存命中――。

天皇はサホビメノ命《みこと》（沙本毘売命。佐波遅比売命＝サハヂヒメノ命）という娘を妃《きさき》とし、寵愛《ちょうあい》する。

サホビメには、サホビコノ命《みこと》（沙本毘古命）という兄がいる。この兄妹の父親は第十代崇神《すじん》天皇の腹違いの弟なので、サホビコは垂仁天皇とほぼ同世代の従兄弟《いとこ》同士になる。

サホビコは野心家で、妹のサホビメを利用して垂仁天皇から国を支配する権力を奪おうと、天皇の暗殺を企てるのである。その経緯はこうである。

兄は沙本《さほ》（奈良市左保台あたり）の実家に戻った妹にこう質《ただ》す。

「夫である天皇と兄である私と、どちらをいとおしく思うか」

妹はとっさに、

「兄上をいとおしく思う」

と答える。

すると兄は、

「本当にいとおしいと思うなら、お前と二人で天下をとろう」

と言って短刀を妹に渡し、こうそそのかす。

「天皇の眠っている隙《すき》をみて刺し殺せ」

その日――。

天皇はいつものようにサホビメの膝《ひざ》を枕に寝《やす》んでいる。その寝顔を見下ろしながら隙をうかがうサホビメ。

（刺すなら今……）

と何度も思うが、胸元から短刀を抜き出せない。ようやく抜き出しても振り下ろせない。三度も試すがつらくて振り下ろせない。とうとうサホビメは涙をこぼしてしまう。その大粒の涙が次々と頬を伝って天皇の寝顔に落ちて濡らす。

（うん……ッ）

目をさました天皇はこう言う。「今、不思議な夢を見た。沙本《さほ》のほうからにわか雨が降り出し、急に私の顔を濡らした。気づくと首に錦のような文様がある小蛇が巻き付いていた。いったい、こういう夢は何のしるしなのだろうか……」

沙本は、兄が住む土地で、実家がある。サホビメはもう隠しきれないと思い、泣きながらすべてを天皇に打ち明ける。

驚いた天皇はただちに召集をかけて、サホビコ討伐の軍をおこすのだが――。

④兄のもとへ走る妹

兄のサホビコは陰謀が漏れたことを知ると、稲城《いなぎ》をつくって迎撃の構えを整える。稲城は、家の周囲に稲穂を積み上げて城（砦）のようにして、敵の矢とか石の攻撃を防ぐものだ。

夫である天皇と兄との戦《いくさ》になってしまい、サホビメは夫のもとにとどまるべきか、兄のもとへ身を退《ひ》くべきか、迷いに迷う。けっきょく兄を慕う気持ちがまさり、こっそり兄のつくった稲城の中へ逃げ込んでしまう。じつは天皇も承知しているのだが、サホビメは身ごもっている。

やがてサホビコ討伐軍は稲城の一部に火をかけはじめる。

けれどもサホビメの懐妊《かいにん》を承知している天皇は、それ以上の攻撃命令をなかなか出せない。戻って来てほしい、そなたを愛しているのだという気持ちがあるからだ。

いっぽうサホビメは兄とともに果てる覚悟でいる。

そうこうしているうち、サホビメは男の子を出産する。天皇のやさしさを知っているサホビメは、生まれた御子《みこ》を天皇の側に引き渡す。

すると本格的に稲城《いなぎ》に火がかけられる。

そんな中で、天皇は使者を送ってサホビメにこう伝える。「生まれた子の名は母親がつけるもの。この子の名をなんとしよう」

サホビメは答える。

「今、火が稲城を焼くときに生まれましたから、ホムチワケノ王《みこ》（本牟智和気王）がよろしいでしょう」

さらに天皇はこうも伝える。「そなたが戻って来ないならば、そなたが結び固めた私の衣の下紐《したひも》は誰がほどくというのだ」

サホビメは答える。「丹波《たんば》にエヒメ（兄比売）・オトヒメ（弟比売）という娘がおります。この二人をお召しになって下さいな」

このあと、ついに討伐軍の攻撃が始まってサホビコは討ち取られ、サホビメは稲城を焼く紅蓮の炎の中に身を投じてしまうのである。

＊

ホムチワケと名づけられた御子の「ホ」は、稲穂の「穂」を表わしていると言われます。

稲穂を積み上げた稲城を焼くのは、収穫儀礼の行事です。焼かれた稲穂の下から新たな命《いのち》として穀物が生まれ育ちます。それにたとえて、焼かれる稲城の中で生まれた御子にホムチワケと命名したようです。

夫婦同居の慣行がまだ確立していない当時は、妻問い婚が行なわれていました。その場合、子は母方で養育していましたので、子の名付けも母親がしていました。

また、夫婦は互いの衣の下紐《したひも》を結び固め、次に会って夜の営みをするときまでほどかない約束をしていました。ちなみに「下紐解く」といえば、女が男に身を任せることです。

エヒメ・オトヒメというのは次項にも出てきますが、娘の個人的な名前（固有名詞）というわけではなく、エヒメは年長の姉、オトヒメは妹を意味する言葉です。

5 物言わぬ御子《みこ》

サホビメの生んだ御子は、父である垂仁《すいにん》天皇にとても可愛がられて育つのだが、長ずるに及んでも一言も口をきかない。

ある夜、心痛する天皇の夢に神が現われてこう託宣《たくせん》する。「私を祭っている神殿を、天皇の御殿と同じくらい立派なものに修理するなら、そなたの御子《みこ》は口をきけるようになるだろう」

口をきけないのは神の祟《たた》りによるものだと知って、天皇は太占《ふとまに》を行なう。どういう神の仕業《しわざ》か、神意《しんい》をうかがうためである。すると、祟りは出雲大神《いずものおおかみ》（＝大国主神《おおくにぬしのかみ》）の御心《みこころ》から出ていることがわかる。

そこで天皇は夢のお告げのとおりにする。と、ホムチワケは口をきけるようになる。けれどもホムチワケは天皇の跡を継げなかった。跡を継いだのは、サホビメが天皇の衣の下紐《したひも》をほどく娘として推薦した一人、エヒメ（＝比婆須比売《ひばすひめ》）が生んだ御子《みこ》、オオタラシヒコオシロワケノ命《みこと》（大帯日子淤斯呂和気命）である。のちに彼は第十二代景行《けいこう》天皇と呼ばれる。

なお、サホビメに去られた第十一代垂仁《すいにん》天皇は百五十三歳で没したと『古事記』は記している。

2 ヤマトタケルの誕生とその悲劇

① 父と子の絆の崩壊

第十二代景行《けいこう》天皇には合わせて十人ほどの妃《きさき》（妻）がおり、八十人以上の御子《みこ》がいる。けれども御子のうち、日嗣《ひつぎ》の御子《みこ》、すなわち皇太子としての名を持つのは三人（異母兄弟）だけである。ワカタラシヒコノ命《みこと》（若帯日子命）とオウスノ命《みこと》（小碓命。またの名を倭男具那命《やまとおぐなのみこと》）、それにイホキノイリヒコノ命《みこと》（五百木之入日子命）である。

景行天皇の跡を継いで天下を治めるのはワカタラシヒコで、のちに第十三代成務《せいむ》天皇と呼ばれる。

オウスは東西の荒《あら》ぶる神《かみ》——山の神や河の神、海峡の神など荒れ狂う国《くに》つ神《かみ》や服従しない者たち——を平定、帰順させてヤマトタケルノ命《みこと》（倭建命）と呼ばれるようになる。だが、悲惨な最期を遂げる。その経緯は『古事記』によると――。

オウスには同母の兄と弟がそれぞれ二人ずついた。

あるとき父親の景行《けいこう》天皇は容姿のとても整っている二人の美しい姉妹、エヒメ（兄比売）・オトヒメ（弟比売）の存在を知る。

天皇は一目見たいものだと、オウスの兄であるオオウスノ命《みこと》（大碓命）を姉妹のもとへ遣わし、参内するよう言いつける。

けれどもオオウスは、姉妹を現地で目にすると、その美しさに心を奪われ、自分のものにしてしまう。そして、天皇には替え玉の姉妹を差し出す。天皇はすぐに偽物だと気づくが、姉妹をおそばに侍《はべ》らせ、眺めているだけで手を出さなかった。しかもオオウスを処罰できず、不快な気持ちを持て余している。

そんな状況の中、エヒメとオトヒメが相次いでオオウスの御子《みこ》を生む。御子を生んだ姉妹はいっそう輝き、オオウスはますます欲望の虜《とりこ》となって朝夕の食膳にも出て来なくなる。

＊

朝夕の食事を、天皇と同じ席についてとるのは、天皇に恭順の意を表わす重要な作法です。理由《わけ》もなく食膳に出て来なければ、異心《いしん》（謀反《むほん》の心）を抱いているのではないかと疑われます。

②遠征命令

ある日、天皇はオウスを呼んでこう言いつける。

「朝夕の食膳に出て来ないのはどういうことか、オオウスに教え諭しなさい」

けれども五日がすぎても、オオウスは食膳に出て来ない。

いったいオオウスはどうなっているのだと、天皇は再びオウスを呼んで尋ねた。するとオウスはこう答える。

「兄さんが夜明けに厠《かわや》に入るのを待ち受け、捕まえて打ち据《す》えてから、その手足をもぎ取って菰《こも》に包み、裏庭に投げ捨てておきました」

天皇以外の人はみな、オオウスが食膳に出て来られない理由《わけ》を知っている。

父を敬愛し、父に忠実なオウスは、兄が父を騙《だま》して思いを遂《と》げたあげく、欲望の虜《とりこ》になっているのを許せなかった。父の無念を、自分が晴らすことを決めたのである。

この頃のオウスは、まだ額のところで髪を結っている十五、六歳の少年だ。それだけに天皇はその荒く猛々しい人となりに驚き、行く末を恐れた。我が子といえども危険な存在と考え、オウスを遠ざけようと、ただちにこんな遠征命令を出す。

「お前は、朝廷に服従しない西（九州南部）のクマソタケル（熊曾建＝九州南部の勇猛な人）兄弟を征伐しに行きなさい」

父に忠実なオウスに否やはなかった。オウスはさっそく一計を案じ、叔母（第十二代景行《けいこう》天皇の妹＝垂仁《すいにん》天皇の皇女）のヤマトヒメノ命《みこと》（倭比売命）の衣装をもらい受け、懐《ふところ》に短刀をしのばせて勇躍、クマソタケル兄弟の征伐《せいばつ》に出かけていく。

オウスは、父が自分を遠ざけるために遠征命令を出したとは知る由もない。だから、このとき遠征から遠征の旅をし続けることになるなど、思いもよらない。

③ ヤマトタケルの誕生

クマソタケル兄弟の領内へ入ったオウスは、様子見をしながら彼らの新室《にいむろ》（新築の家）祝いの日を待つ。

その日――。

オウスは自分の髪を乙女のように結い直した。そして叔母からもらい受けた衣装を身につけ、女装した。その格好で給仕の女の一人としてクマソタケル兄弟の新室祝いの場に潜り込んだ。案の定、女装したオウスはクマソタケル兄弟の気を引き、そばに侍《はべ》らされた。祝宴が最高潮に達したとき、

（殺《や》るなら、今だッ）

とオウスは懐にしのばせた短刀を抜き出し、まずクマソタケル兄弟の兄を刺し、即死させた。これを見て逃げ出す弟のクマソタケルを追いつめ、その尻から白刃を刺し通す。

このとき、クマソタケルはあえぎながら、どこの誰かとオウスに聞く。オウスが答えると、クマソタケルはこんなことを言う。

「大和国《やまとのくに》（奈良県）には我らの及びもつかない強い者がいたのですね。お強いあなた様に新しいお名前を献上しましょう。大和に並びもない武勇の人としてヤマトタケルノ御子《みこ》（倭建御子）と称《たた》えましょう」

聞き終えるや、オウスはクマソタケルの体を斬り裂いた。

以後、オウスはその名を称《たた》えられ、ヤマトタケルノ命《みこと》(倭建命)と呼ばれるようになる。

クマソタケル兄弟を討ち取って使命を果たしたヤマトタケルは、大和国《やまとのくに》へ帰る途中でも朝廷に逆らう山の神や河の神、また海峡の神などを平定し、帰順させた。

また、出雲国《いずものくに》(島根県東部)ではその首長であるイヅモタケル(出雲建)を征伐《せいばつ》した。

大和国へ帰還したヤマトタケルは、父の景行《けいこう》天皇に西国(九州南部)の遠征の結果を報告する。それを聞いた景行天皇は、ヤマトタケルの遠征の疲れも癒《い》えないうちに次の遠征命令をこう下す。

「引き続き、東方十二カ国の荒《あら》ぶる神《かみ》(荒れ狂う国《くに》つ神《かみ》)や服従しない者たちを平定、帰順させせよ」

④ 野火攻《のびぜ》め

ヤマトタケルは東征するにあたり伊勢《いせ》(三重県北部)の神宮に参詣、戦勝を祈念する。そして神宮に奉仕している叔母のヤマトヒメ（景行天皇の妹）に会ってこう訴える。

「父上は、私の死を望んでおられるのでしょうか。西の遠征から帰還したばかりだというのに、今度は東へ行けとおっしゃる。それも、兵士もつけてくださらない。いただいたのはお供の者一人と、長い矛《ほこ》だけです。いろいろ考え合わせると、やはり私など死んでしまえばいいと思っておられるようです」

天皇からひどい仕打ちを受けていると悲嘆にくれるヤマトタケルに、叔母のヤマトヒメは草薙《くさなぎ》の剣《つるぎ》（草那芸剣）と袋を授けてこう言う。「この袋の口は、火急のことがあったときにお開《あ》けなさい」

こうしてヤマトタケルは東国へ再び遠征の旅に出るのである。

ヤマトタケルは途中、尾張国《おわりのくに》（愛知県）で、当地の豪族の娘・ミヤズヒメ（美夜受比売）と契《ちぎ》りを結ぼうとする。けれども父を敬愛し、父に忠実なヤマトタケルは、それは東征《とうせい》の帰りにしよう、勅命《ちょくめい》（天皇命令）を果たすのが先だと思い直し、東国へ向かう。その途中でも、荒ぶる神や服従しない者たちを平定、帰順させる。

駿河国《するがのくに》（静岡県）に入ると、当地の国造《くにのみやつこ》（地方長官）に、沼に住む荒《あら》ぶる神《かみ》をなんとかしてほしいと頼まれる。

「よしッ」

と、ヤマトタケルは野原に踏み入るが、どんなに奥へ足を運んでも、沼が見えてこない。騙されたと気づいたとき、野原の四方から野焼きのような火が迫って来る。野《の》火攻《びぜ》めである。

万事休す――。

とっさにヤマトタケルは叔母の授けてくれた袋を思い出し、それを開けてみると、火打石が入っている。

（そうかッ）

と、ヤマトタケルは草薙《くさなぎ》の剣《つるぎ》で周囲の草を薙ぎ払い、身の回りから燃える草を取り払うや、ただちに火打石で向かい火をつけた。こうすれば、こちら側からつけた火の勢いで、迫って来る野火の火勢を弱めることができる。

こうして危うく危機を脱したヤマトタケルは、自分を焼き殺そうとした国造《くにのみやつこ》の一族を屠《ほふ》り、焼いてしまう。それでこの地を「焼津《やいづ》」（静岡県焼津市）というようになると、『古事記』は記している。

＊

草薙《くさなぎ》の剣《つるぎ》（草那芸剣）は、ヤマトタケルが野火攻めに遭《あ》ったさい、草を薙《な》ぎ払った剣だから、そう呼びます。ですから、これ以前に草薙の剣はないはずですが、『古事記』ではヤマトヒメがヤマトタケルに授けたのは「草薙の剣」と記されています。

また、『古事記』ではヤマトタケルが火攻めに遭うのは相模国《さがみのくに》（神奈川県）となっていますが、これは駿河国の間違いです。『日本書紀』では「駿河国」となっていますので、ここでも駿河国としました。

5 オトタチバナヒメの犠牲

焼津からさらに進んで、ヤマトタケルは相模国の三浦半島から上総国《かずさのくに》（千葉県）の房総半島に渡ろうとする。それには走水海《はしりみずのうみ》（浦賀水道）という海峡を渡らなければならない。けれども走水と言われるように潮流の速い海峡である。しかも海峡を支配する海神《かいじん》（海の神＝わたつみの神＝竜王）が荒波をおこし、船はなかなか進むことができない。

このときヤマトタケルの妃《きさき》（妻）、オトタチバナヒメノ命《みこと》（弟橘比売命）がこう言う。「私があなたに代わって海に身を沈めましょう」

荒れる海を鎮《しず》めるには生贄《いけにえ》を海神《かいじん》に捧げるしかなかった。ヤマトタケルは心を決めて、オトタチバナヒメを人身御供《ひとみごくう》にする。

すると荒れていた走水海《はしりみずのうみ》は自然と穏やかになり、船は海峡を渡れるようになる。

オトタチバナヒメは入水《じゅすい》するさい、こんな別れの歌を詠《よ》む。

さねさし　相武《さがむ》（相模《さがみ》）の小野に　燃ゆる火の　火中《ほなか》に立ちて　問ひし君はも

（相模の野原で、燃え立つ火の中に立っていても、私の安否を呼びかけてくださったあなたの気持ちが、忘れられない）

相模（本当は駿河《するが》）で野火攻《のびぜ》めに遭《あ》うという危機に陥っても自分を思い出し、その安否を気遣ってくれたヤマトタケルの愛情を信じ、それを頼りにオトタチバナヒメはみずから犠牲になることを買って出たのである。

そのオトタチバナヒメが入水して七日後、彼女が髪に挿《さ》していた櫛《くし》が上総国《かずさのくに》（千葉県）の海岸に流れ着く。それを見つけたヤマトタケルは墓をつくってその櫛をオトタチバナヒメの霊代《たましろ》として納める。

その後、ヤマトタケルは荒れ狂う蝦夷《えみし》（北関東から東北）を平定し、帰順させる。こうして、ようやく大和国《やまとのくに》（奈良県）への帰路につくのである。

＊

『古事記』は、ヤマトタケルとオトタチバナヒメとの出会いを記していませんが、歌から判断するに、おそらく尾張国～駿河国のどこかで知り合い、契《ちぎ》りを結んで妃にしたと考えられます。

霊代は、死者の霊の代わりとしてまつるものです。

＊

さて、ヤマトタケルを救ったオトタチバナヒメだが、彼女を祭神《さいじん》とする主な神社には、神奈川県横須賀市の「走水神社《はしりみずじんじゃ》」や千葉県木更津市の「吾妻神社《あづまじんじゃ》」、同県茂原《もばら》市の「橘樹神社《たちばなじんじゃ》」などがある。

オトタチバナヒメを祭る神社

「走水神社《はしりみずじんじゃ》」

神奈川県横須賀市走水にある走水神社は、三浦半島の東端近くにある。

祭神《さいじん》は、日本武尊《やまとたけるのみこと》・弟橘媛命《おとたちばなひめのみこと》と表記されているが、ヤマトタケル・オトタチバナヒメと同一神である。

社伝によると、走水の地において軍船などの準備をして上総国《かずさのくに》（千葉県）へ渡るとき、村人たちがヤマトタケルとオトタチバナヒメをとても慕《した》うので、ヤマトタケルは自分の冠を村人に与えた。それを村人が石櫃《いしびつ》に納めて土中に埋め、その上に社《やしろ》を建てたのが、当社のおこりだという。

また、オトタチバナヒメの入水後《じゆすいご》、しばらくすると海岸に彼女が髪に挿《さ》していた櫛《くし》が流れ着いた。村人はそれを、二人の住まいがあった旗山崎《はたやまざき》（御所ヶ崎）に社を建てて納めた。この社がオトタチバナヒメを祭る橘神社《たちばなじんじゃ》であったが、一八八五（明治十八）年に旗山崎が軍用地になったので走水神社の境内に移され、その後、一九〇九

(明治四十二)年に走水神社に合祀《ごうし》されたという。
毎年三月上旬の日曜日に祈年祭が行なわれる。夏期例祭は七月の第二土曜日、秋期例祭は十月十三日に行なわれている。

「吾妻神社《あづまじんじゃ》」

千葉県木更津市吾妻にある吾妻神社は、入水したオトタチバナヒメの着物の袖《そで》が海岸に流れ着いたので、これを納める社《やしろ》を建てたのが、当社の始まりと言われる。「吾妻」という地名は、後述するようにヤマトタケルがオトタチバナヒメを偲んで「あづまはや(ああ、我が妻よ)」と言った故事に由来するという。

祭神は、弟橘姫《おとたちばなひめ》と表記されている。

社殿の向拝《こうはい》には海神《かいじん》が龍として描かれ、またヤマトタケルとオトタチバナヒメの二人の姿も彫刻されている。神社の裏側に行くと、綺麗な池がある。ヤマトタケルはこの池の水面を鏡の代わりに使い、オトタチバナヒメが使った鏡をこの池に沈めたと言われ、今でも「鏡ヶ池」と呼ばれている。ヤマトタケルは、オトタチバナヒメのことを思い、いつまでもその場所から立ち去らなかったという。この池は、現在は人工池に造り替えられ、町民の憩いのスポットとされている。

「橘樹神社《たちばなじんじゃ》」

千葉県茂原《もばら》市にある橘樹神社は、ヤマトタケルが橘の木をオトタチバナヒメの墓標としたことに由来しているという。

主祭神《しゅさいじん》は、弟橘比賣命《おとたちばなひめのみこと》と表記されている。

社伝では、海神《かいじん》の犠牲となったオトタチバナヒメのお墓をヤマトタケルがつくり、その櫛《くし》を納めて、橘の木を植えて祭ったのに始まるといい、『古事記』の記すとおりである。


さて、オトタチバナヒメの犠牲もあって蝦夷《えぞ》をはじめ東国をことごとく平定、帰順させたヤマトタケルは故郷である大和国《やまとのくに》（奈良県）への帰路に就くのだが――。

6 ミヤズヒメとの再会

その途中、足柄山《あしがらやま》（神奈川県箱根）の険しい坂の下あたりで、不吉な前兆を思わせる出来事に遭《あ》う。

（むむ……あれは）

足柄山の神の化身と思われる一頭の白鹿に出くわす。ヤマトタケルはただ追い払うつもりで食べ残しの野蒜《のびる》を投げつけたところ、白鹿の目にあたり、白鹿は死んでしまう。

その後――。

足柄山の峠から、ヤマトタケルは走水海《はしりみずのうみ》（浦賀水道）のほうにつくづく見入り、入水《じゅすい》したオトタチバナヒメを思いおこしたのだろう、三度もため息をもらし、「あづまはや（ああ、我が妻よ）」と叫んで悲嘆にくれる。それでこの国を名づけて、阿豆麻《あづま》（吾妻＝東）という、と『古事記』は記している。

それからヤマトタケルは甲斐国《かいのくに》（山梨県）へ出て酒折宮《さかおりのみや》へ立ち寄り、いったん当地に落ち着くことにする。そして――。
ある夜、こんな歌を口ずさむ。

新治《にいばり》　筑波《つくば》を過ぎて　幾夜か寝つる

（すでに新治・筑波＝ともに常陸国《ひたちのくに》＝茨城県北東部＝を過ぎた。ここに至るまで幾夜、寝たことか）

それを聞いた焚《た》き火番の翁《おきな》（老人）がこう歌を返す。

日々並《かがなら》て　夜には九夜《ここのよ》　日には十日を

（過ぎた日を指折り数えてみますと、九泊十日かかりました）

ヤマトタケルはこの歌を褒《ほ》め、身分の低いこの老人に東国造《あずまのくにのみやつこ》（東国の首長）の位を授ける。

こうしたつかの間の休息のあと、ヤマトタケルは信濃国《しなののくに》（長野県）を越え、さらに美濃国《みののくに》（岐阜県）から伊那《いな》（長野県南部）へと越える信濃倉之坂の、逆らう神を平定し、そこから木曽川を伝って尾張国《おわりのくに》（愛知県）へと向かう。

尾張国には、東征《とうせい》の帰りには必ず契《ちぎ》りを結ぼうと約束したミヤズヒメがいる。そのミヤズヒメと契りを結んで心ゆくまで堪能しようとするのだが、彼女を目の前にしたとき、ヤマトタケルはミヤズヒメの裳裾《もすそ》に滲《にじ》んでいる「月の障《さわ》り（月経の血）」に気づく。それを彼女に知らせるため、こんな内容の歌を詠《よ》む。

——天《あま》の香具山《かぐやま》の上を渡って行く白鳥よ。その白鳥の頸《くび》のように細いなよやかなあなたの腕を枕にして、私はあなたとまぐわいしたいと思う。けれどもあなたの着ておられる打ち掛けの裾《すそ》に月（月経）が出てしまったことよ。

するとミヤズヒメはこんな内容の返歌を詠む。

——お約束のときからずいぶん、月日が経ちます。どんなにかお帰りをお待ち申しておりましたことか。ですから打ち掛けの裾《すそ》に月がのぼるのも無理はありません。

ミヤズヒメとの約束を果たしたヤマトタケルは、それから伊吹山《いぶきやま》（岐阜・滋賀両県にまたがる山）の神を討《う》ち取りに出かけるのだが、このとき、「素手でも討ち取れる」と言い、いつも腰に帯《お》びている草薙《くさなぎ》の剣《つるぎ》をミヤズヒメのもとに置いたまま出かけてしまうのである。

*

叔母のヤマトヒメが授けてくれた草薙《くさなぎ》の剣《つるぎ》を持たずに出かけたのは、足柄山《あしがらやま》で出《で》遭《あ》った山《やま》の神《かみ》の化身である白鹿が簡単に殺せたことが念頭にあったからかもしれません。

⑦ヤマトタケルの最期

勇躍して出かけたヤマトタケルは、伊吹山《いぶきやま》の麓《ふもと》で牛のように大きい白い猪に出遭う。

このときヤマトタケルは、

「こいつはきっと山の神の使いだろう。まあ、今は殺さず、帰りに討ち取ってやろう」

と、言挙《ことあ》げする。言挙げは、声に出して直接、相手に強く言い立てることだ。言葉には呪力《じゆりよく》があると信じられ、むやみな言挙げは不吉なものとされているので、慎むのが作法である。しかも、白い猪は山の神の使いではなく神自身であった。それで神はあなどられたと激しい怒りをあらわにする。神というのは善いことも悪いこともする。自分の意に反する相手の行為には祟《たた》りで報いる。

ヤマトタケルが伊吹山の上まで登ってくると――。

突然、大粒の雹《ひょう》が激しく降り出し、ヤマトタケルの体を激しく打った。ヤマトタケルは気勢をそがれ、正常な判断力を失って混乱してしまう。

そのため伊吹山の神を討ち取ることができず、山を降りる。

やがてヤマトタケルは正気を取り戻すが、病の身となっていた。伊吹山の神の祟りで、災禍をこうむったのである。それでも強気で、故郷の大和国《やまとのくに》（奈良県）へと旅を続ける。

ようやく当芸野《たぎの》（岐阜県養老郡養老町）のあたりに到着するが、このとき初めて弱気になってこんなことを言う。

「いつも私は空をも飛んでいける気持ちでいたが、今は、どうしたことか、私の足は前へ進もうとしない……」

これから先、ヤマトタケルは杖《つえ》をつきながらそろそろ歩くようになってしまう。杖衝坂《つえつきざか》（＝杖突坂。三重県四日市市と鈴鹿市との間にある坂）から進んで、伊勢

（三重県北部）の尾津崎（桑名市多度町付近）の一本松のもとにたどり着く。ここはミヤズヒメのいる尾張国《おわりのくに》（愛知県）に直接、向かい合っている。

（おや、あれは……ッ）

東征《とうせい》にやってきたとき、一本松のもとで食事をして置き忘れた大刀《たち》がそのまま残っている。それに感動して歌を詠《よ》む。それから、さらに進んで三重村（三重県四日市市北西部）にたどり着く。歩くたびに、腫《は》れ上がった足が痛む。それでもさらに先へ進んで、能煩野《のぼの》（三重県北部の鈴鹿市あたり）にたどり着く。故郷の大和国《やまとのくに》（奈良県）はすぐ目の前である。このときこんな歌を詠む。

倭《やまと》は　国のまほろば　たたなづく　青垣《あおがき》　山隠《ごも》れる　倭しうるはし

（大和国《やまとのくに》は素晴らしい国だ。重なり合って青い垣を巡らしたような山々、その山々に囲まれた大和国は美しい＝なつかしい）

けれども死を覚悟したのか、次々と歌を詠み、最期に詠んだのはこういう歌である。

嬢子《おとめ》の　床《とこ》の辺《べ》に　我が置きし　剣の大刀《たち》　その大刀はや

（ミヤズヒメと交わした契《ちぎ》りの床のそばに置いてきた草薙《くさなぎ》の剣《つるぎ》（草那芸剣）よ、
ああ、あの大刀《たち》よ）

草薙の剣さえあれば、こんなことにはならなかったのにと、強く感じていたのだろう。歌を詠み終えると息を引き取る。

ヤマトタケルの霊魂は白鳥となって海辺へ飛んで行く。『古事記』はこう記している。「八尋白智鳥《やひろしろちどり》に化《な》りて天《あめ》に翔《かけ》りて浜に向きて飛び行《い》でましき」

八尋白智鳥は、八尋ほどもある大きい白千鳥、すなわち大きい白鳥のことだ。ちなみに一尋は、両手を左右に広げたときの、一方の指先から他方の指先までの距離である。また、古代の人々は白い鳥を魂の姿と考えていた。

白鳥は大和国（奈良県）をさして飛び、さらに河内国《かわちのくに》（大阪府南東部）の志幾《しき》（大阪府柏原市）に飛んで行き、そこに留《とど》まる。だが、それもつかの間、さらに天空の彼方へと飛び去ってしまう。どこへ行ったのか誰も知らない――。

父を敬愛し、父に忠実であることをわかってもらうために、そして何よりも父に愛されたいがために、白鳥となっても諸国を飛び回り、逆賊の平定を考えていたのかもしれない。

さて、白鳥となって飛び去った悲劇的英雄のヤマトタケルだが、彼を祭る神社は大鳥・鷲《おおとり》・白鳥などの社名で全国にある。ここでは愛知県名古屋市にある「熱田神宮《あつたじんぐう》」、静岡県焼津市の「焼津神社《やいづじんじゃ》」、山梨県甲府市の「酒折宮《さかおりのみや》」、大阪府堺市の「大鳥神社《おおとりじんじゃ》（＝大鳥大社）」を取り上げる。

ヤマトタケルを祭る神社

「熱田神宮《あつたじんぐう》」

愛知県名古屋市熱田区にある熱田神宮は、参拝者から「あった（熱田）さま」と親しみを込めて呼ばれる神社で、三種の神器の一つである「草薙《くさなぎ》の剣《つるぎ》」を神体として祭っている。

この剣は、承知のとおりスサノオがヤマタノオロチを退治したさい、その尾から出てきたもので、姉のアマテラスに献上された。さらに天孫降臨《てんそんこうりん》のさい、アマテラスから天孫に授けられた。その後、伊勢の地で叔母のヤマトヒメ（景行《けいこう》天皇の妹）から東征の旅に出るヤマトタケル（景行天皇の御子《みこ》）に授けられたもの。そして前述したように東征《とうせい》の帰りに尾張国《おわりのくに》のミヤズヒメのもとに留《と》め置かれたままになった。そのためヤマトタケルは伊吹山《いぶきやま》の神を討ち取れず、逆に祟《たた》りをこうむって病気がちになり、とうとう故郷を目前にして能煩野《のぼの》（三重県北部の鈴鹿市あたり）で息を引き取ってしまう。

社伝によると、ミヤズヒメはヤマトタケルの遺志を重んじ、この剣を熱田の地に祭った。それが当社の始まりで、今からおよそ千九百年前になる。以来、伊勢の神宮につぐ格別に尊い宮として、篤《あつ》い崇敬を集めているという。樹齢千年を超える大楠《おおくす》がある境内は約六万坪あり、昔から蓬莱島《ほうらいじま》（熱田神宮の異名）の名で知られ、大都会の中にありながら静寂で、市民の心のオアシスとして親しまれている。

主祭神《しゅさいじん》は、草薙の剣を神体とする熱田大神《あつたのおおかみ》と表記されている。

ヤマトタケルは、アマテラス・スサノオ・ミヤズヒメなどと相殿《あいどの》に祭られている。

当神宮には、古くから伝わる年間約六十もの祭事と約十におよぶ特殊神事があるという。

ヤマトタケルにまつわる特殊神事《しんじ》も多い。その一つが、「オホホ祭り」とも呼ばれ、奇祭《きさい》として知られる「酔笑人神事《えようどしんじ》」である。これは五月四日の夜、絶対に見てはならないとされる神面《しんめん》を神職たちが袖の中に隠し持って神前に並び、二人一組が順に袖の上から神面を軽くたたき、「オホホ」と小声で唱えると、「タロリー」と笛が吹かれ、続いて神職全員が大声で笑うというもの。夜の、清浄な気に満ちている闇に響く笑い声――。なんとも言えない空気に包まれるという。この神事は、天智天皇《てんじ》（626～671）の時代に草薙《くさなぎ》の剣《つるぎ》が盗まれたが、その後、無事に戻って来たことを歓喜する様子を、今に伝えるものだそうだ。

一番大きな祭りは六月五日の例祭で、「熱田まつり」の名で親しまれている。この祭りには天皇陛下の使い（勅使《ちょくし》）が出向いて来る。また、初詣で、一月五日の初えびす、五月八日からの花の撓《とう》、七五三参りなども参拝者の多い祭りである。

宝物館には、刀剣や日本書紀などの国宝・重要文化財を含む約六千点が収蔵展示されている。

「焼津神社《やいづじんじゃ》」

静岡県焼津市にある焼津神社は、『駿河国風土記《するがのくにふどき》』によれば、創建は四〇九年という。古来、入江大明神とも称され、生業繁栄・家内安全・海上安全などを願う神社として信仰を集めてきた。

主祭神《しゅさいじん》は、日本武尊《やまとたけるのみこと》と表記されている。また、ヤマトタケルの東征《とうせい》に付き従った家臣らが配祀《はいし》されている。

『古事記』では、ヤマトタケルノ命《みこと》は倭建命と表記されているが、『日本書紀』では日本武尊と書かれている。ちなみにヤマトタケルはまたの名を、日本童男《やまとおぐな》・倭男具那《やまとおぐなの》命《みこと》ともいう。

当社の例大祭は八月十三日に行なわれるが、これは一千年の歴史をもち、極めて特徴的な祭礼と言われる。神輿渡御行列《みこしとぎょぎょうれつ》と呼ばれる行列が最大の見所で、白装束の数百人の若者に担《かつ》がれた二台の神輿が激しくもみあう。声をからし、怒鳴るような「アンエットン」の掛け声で神輿を煽《あお》るという「東海一の荒祭り」として有名である。神輿渡御行列の先頭に立つ「獅子《しし》木《き》遣《や》り」では、獅子頭《ししがしら》から延びる五十メートルの獅子幕を持つ手古《てこ》舞姿《まいすがた》（男装の女性）の、それも少女たちが木遣り唄を歌いながら練り歩く。年に一度のエネルギーの爆発と思えるこの例大祭は、氏子《うじこ》と神とのコミュニケーションと言われている。前日には、「神ころがし」という神事が行なわれる。その年に生まれた子どもを抱いて、くるくると転がして無事の成長を願う行事である。

「酒折宮《さかおりのみや》」

山梨県甲府市酒折にある酒折宮は、社伝によると、ヤマトタケルが東征からの帰路、甲斐《かいの》国《くに》（山梨県）の酒折の地に立ち寄ったさい、行宮《あんぐう》（仮の御所）として設けられたのが始まりという。

祭神《さいじん》は、日本武尊《やまとたけるのみこと》と表記されている。

ヤマトタケルがここに鎮座《ちんざ》したのは、社伝によると、千九百年前のこと。

こんな話もある。ヤマトタケルが酒折の行宮に滞在中、シオノミノ足尼《すくね》（塩海足尼）を召して甲斐国造《かいのくにのみやつこ》（地方長官）に任じ、野火攻《のびぜ》めから自分を救った火打《ひう》ち袋《ぶくろ》を授けて、「行く末はここに鎮座しよう」と宣言した。それでシオノミが火打ち袋を神体として社殿を造営したのが、当社の始まりだという。

この火打ち袋は、すでに見てきたようにヤマトタケルが東征にあたり伊勢の神宮に参詣したさい、そこに奉仕する叔母のヤマトヒメから草薙《くさなぎ》の剣《つるぎ》とともに授かった「袋」である。

ところで、酒折宮は連歌発祥の地として知られている。というのは、東征からの帰路、いったん当地に落ち着いたヤマトタケルと身分の低い焚《た》き火《び》番の老人とのあいだで、問答歌のやりとりがあったからだ。「酒折宮まで来るのにどのくらい日にちがかかったのだろう」という歌を、ヤマトタケルが口ずさむ。それに対して身分の低い焚き火番の老人が、「指折り数えてみますと九泊十日かかりました」という内容の歌(下句)を返したという『古事記』のなかの件《くだり》である。それで多くの学者や文学者が当地を訪れるようになったと言われる。

*

シオノミノ足尼《すくね》の「足尼」は、敬称です。のちに「宿禰《すくね》」と書かれるようになり、姓《かばね》の一種(その人の地位や政治的序列を示す呼称)となります。

「大鳥神社《おおとりじんじゃ》」

大阪府堺市西区鳳北町《おおとりきたまち》にある大鳥神社は、全国の大鳥神社の本社である。

現在の正式社名は大鳥神社であるが、大鳥大社《たいしゃ》、大鳥大明神《おおとりだいみょうじん》、大鳥大神宮《おおとりのおおがみのみや》などとも呼ばれる。一般には大鳥大社の社名のほうが広く使用されている。

祭神《さいじん》は、日本武尊《やまとたけるのみこと》・大鳥連祖神《おおとりのむらじのおやがみ》と表記されている。

もともとの祭神は大鳥連祖神であったらしいが、その後、ヤマトタケルが祭神と考えられるようになり、定着したという。これは、大鳥神社の「大鳥」という名称とヤマトタケルの御魂《みたま》が「白鳥」となって飛び立ったという神話が結び付けられて起こったことらしい。

以来、当社では長いあいだヤマトタケルを祭神としてきたが、一八九六（明治二十九）年、明治政府の祭神考証の結果を受け、その指示により祭神を大鳥連祖神に変更した。その後、一九六一（昭和三十六）年に、大鳥連祖神に加えて、ヤマトタケルを祭ったという。

社伝によると、伊吹山《いぶきやま》で病に倒れ、伊勢国《いせのくに》の能褒野《のぼの》で没したヤマトタケルはその地に葬られたが、御魂が白鳥となって飛んでいき、最後に大鳥の地に舞い降りたので、社《やしろ》を建てて祭ったのが、当社の始まりである。神域は千種森《ちぐさのもり》と呼ばれ、白鳥が舞い降りたとき、一夜にして樹木が生い茂ったという。

本殿は、大鳥造りという独自の古形式を保っている。ヤマトタケルを守護神として信仰を集めていたが、「おとりさま」と称されて開運・商売繁盛の神としても信仰され、十一月酉《とり》の日には、熊手の酉の市が開かれる。

例祭は八月十三日に行なわれる。毎月二日・十二日・二十二日には、「にいび」と呼ばれる縁日が開かれる。また、四月十三日には「花摘祭」、六月中旬には「菖蒲祭」が行なわれ、七月三十一日には宿院頓宮への「渡御祭」、十月第一土曜日には「だんじり宮入り（鳳だんじり祭り）」が行なわれる。

＊

ヤマトタケルを祭る神社には、ほかにも福井県敦賀市曙町の気比神宮《けひじんぐう》、埼玉県秩父市の三峯神社《みつみねじんじゃ》、滋賀県大津市の建部大社《たけべたいしゃ》、愛知県蒲郡市の八劔神社《やつるぎじんじゃ》などがあります。

＊

ところで、ヤマトタケルは西征《せいせい》するさい、叔母のヤマトヒメから衣装をもらい受け、また東征《とうせい》のさいには草薙《くさなぎ》の剣《つるぎ》と火打石《ひうちいし》の入った袋を授けられ、いずれのときにもそれが大いに役立った。甥《おい》っ子のヤマトタケルを助けたヤマトヒメだが、彼女を祭る主な神社が三重県伊勢市の「倭姫宮《やまとひめのみや》」である。

ヤマトヒメを祭る神社

「倭姫宮《やまとひめのみや》」

三重県伊勢市楠部町にある倭姫宮は、伊勢神宮の内宮《ないくう》（皇大神宮《こうたいじんぐう》）の別宮《べつぐう》である。伊勢神宮の内宮と外宮《げくう》の別宮は合わせて十四宮あるが、そのうち創建が明確なのは倭姫宮だけという。

祭神《さいじん》は、倭姫命《やまとひめのみこと》と表記されている。『古事記』に書かれている倭比売命と同一神である。

ヤマトヒメは第十一代垂仁《すいにん》天皇の皇女で、第十二代景行《けいこう》天皇の妹である。『古事記』によれば、ヤマトヒメは伊勢の神宮に奉仕している（すなわちアマテラスに仕えているということである）。そこへ西征に次いで東征の命令を受けた甥っ子のヤマトタケルが戦勝祈念にやってくる。そのヤマトタケルに草薙の剣と火打石の入った袋を授ける。

いっぽう『日本書紀』などによると、ヤマトヒメは第十代崇神《すじん》天皇の皇女（豊鍬入姫命《とよすきいりひめのみこと》）の跡を継ぎ、アマテラスの鎮座すべき土地を探し求め、大和国《やまとのくに》（奈良県）を離れて長い旅に出る。そして数カ国を巡り歩いて伊勢国（三重県北部）に入り、アマテラスの神託《しんたく》により五十鈴川《いすずがわ》の川上に内宮を創建し、のちにヤマトタケルに草薙の剣を与えたとされる。

このヤマトヒメを祭る神社は、明治以前に作られなかったという。明治の半ば近く、一八八七（明治二十）年ごろから宇治山田町（現在の伊勢市中心部）の住民を中心に、ヤマトヒメを祭る神社を創立すべきだという声が高まったそうだ。その後、一九一九（大正八）年、帝国議会で創建の予算が可決され、一九二一（大正十）年、伊勢の外宮と内宮のほぼ中間にある倉田山に創建が許可され、その二年後に創建、倭姫宮の御鎮座祭が執り行なわれたという。

社殿の構造は内宮《ないくう》に準じ、神明造《しんめいづく》り。周囲には瑞垣《みずがき》・玉垣の垣があり、瑞垣御門と鳥居がある。内宮に準じた祭事が行なわれ、祈年祭《きねんさい》・月次祭《つきなみのまつり》・神嘗祭《かんなめさい》・新嘗祭《にいなめさい》の諸祭には、皇室からの幣帛《へいはく》（神前に供える物）が供えられるという。

＊

ヤマトヒメを祭る神社はほかにも三重県伊賀市の神戸《かんべ》神社《じんじゃ》、滋賀県甲賀市の川田《かわた》神《じん》社《じゃ》などがあります。

豊鋤入姫命《とよすきいりひめのみこと》は、『古事記』では豊鉏入日売命と表記されています。

ヤマトヒメは、アマテラスを伊勢の地で祭る最初の皇女で、これが制度化されて、のちの「斎宮《さいぐう》（天皇の名代として伊勢神宮に遣わされ奉仕した皇女）」となったと言われます。

＊

さて、西征《せいせい》から帰還したヤマトタケルに休む暇もなく東征を命じた第十二代景行《けいこう》天皇は百三十七歳で没したと、『古事記』は記している。

その跡を継いだのは、ヤマトタケルと異母兄弟のワカタラシヒコノ命《みこと》（若帯日子命）である。二度の遠征によって強化された大和政権。それを引き継いだワカタラシヒコは地方行政の整備事業に乗り出し、武内宿禰《たけしうちのすくね》（建内宿禰《たけのうちのすくね》とも）という人物を大臣《おおおみ》（最高執政官）に任命するのだが——。

伊吹山
当芸野
信濃倉之坂
酒折宮
筑波山
VS. 蝦夷
尾張
能煩野
焼津
足柄山
大和国
伊勢
走水海

ヤマトタケルの征討経路

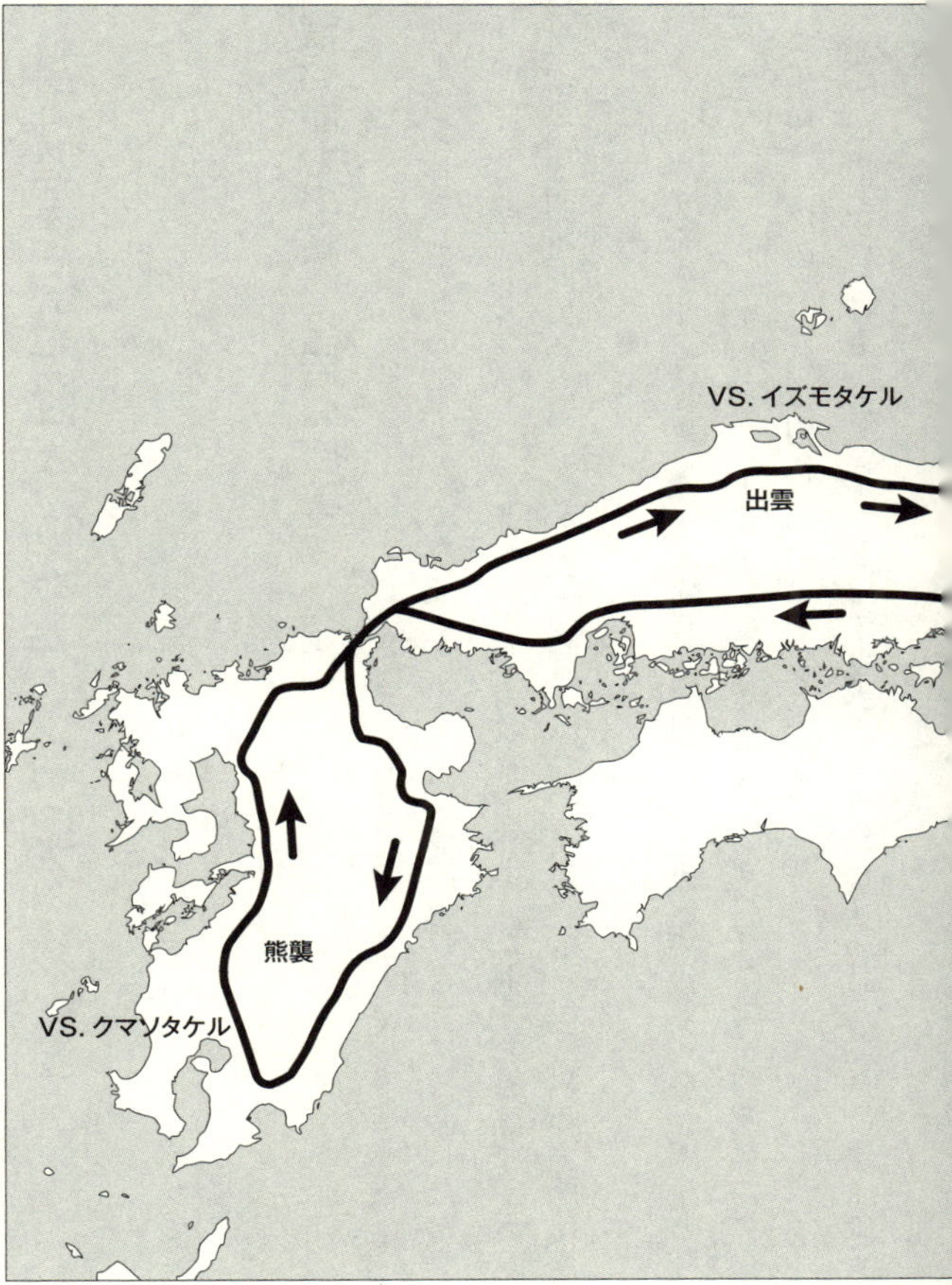

3 神功《じんぐう》皇后と怪人物タケシウチ

1 霊的能力の高い皇后の出現

ワカタラシヒコ（のちの第十三代成務《せいむ》天皇）が大臣《おおおみ》（最高執政官）に任命したタケシウチというのは、第十二代景行《けいこう》天皇にはじまり成務・仲哀《ちゅうあい》・応神《おうじん》・仁徳《にんとく》まで五代に、つごう二百二十四年間にわたって仕えたという「記紀（古事記と日本書紀）」所伝の怪人物である。

そのタケシウチを大臣に抜擢《ばってき》したワカタラシヒコは九十五歳で没し、成務天皇と呼ばれる。その成務天皇の跡を継いだのがヤマトタケルの子、タラシナカツヒコノ命《みこと》（帯中日子命）で、のちに第十四代仲哀天皇と呼ばれる。

『古事記』によれば、仲哀天皇の妃《きさき》であるオキナガタラシヒメノ命《みこと》（息長帯比売命＝

る。

神功皇后《じんぐう》は、ヤマトタケルの孫にあたる二人の御子《みこ》を生む。ホムヤワケノ命《みこと》（品夜和気命）とオオトモワケノ命《みこと》（大鞆和気命。別名ホムダワケノ命＝品陀和気命）である。

仲哀天皇は五十二歳で没したとされる。前の二人の天皇の寿命と比べると、短命である。じつは後述するような事情で、仲哀天皇も父のヤマトタケルと同じように神の逆鱗《げきりん》にふれて、急逝してしまうのである。それで天皇に代わって妃のオキナガタラシヒメが、大臣のタケシウチの協力を得て政務を執るようになる。

オキナガタラシヒメは霊的能力が高く、ときに神帰《かみよ》せ（神寄せ）をしては、みずからに乗り移った神霊から神意《しんい》（神の意志）をうかがい、みずからお告げをするという巫女《みこ》的な女性であった。

オキナガタラシヒメの漢風諡号《しごう》（死後におくられる漢風の贈り名）は神功《じんぐう》であるので、以後、神功皇后と呼ぶことにする。

＊

神帰せ（神寄せ）は、神を招き寄せてそのお告げを聞くことです。

②女だてらに新羅《しらぎ》遠征

仲哀《ちゅうあい》天皇の急逝は、神を怒らせたゆえの祟《たた》り――。

神功皇后《じんぐうこうごう》をはじめ重臣たちは皆、そう思う。その経緯はこうである。

天皇は急逝する直前まで熊襲《くまそ》（南九州を根拠地とした古代の集団）討伐《とうばつ》をすすめていた。だが、熊襲討伐など後回しにして朝鮮半島の新羅《しらぎ》へ遠征しろという神託《しんたく》（神のお告げ）が、神功皇后の口を通してある。神託は神意《しんい》、すなわち神の意志である。けれども天皇はその神託を疑い、それに従おうとしなかった。それで神の逆鱗《げきりん》にふれ、祟りをこうむって急逝したと信じられた。

そのため神功皇后は神に許しを乞おうと、国をあげて神の忌《い》み嫌《きら》うケガレをもたらすさまざまな罪を祓《はら》う儀式を行なう。その上で神帰《かみよ》せをして、再び神意をうかがうと、神功皇后の身に乗り移った神霊が、

――すべてこの国は、皇后の肚《はら》の中にいる男の御子《みこ》が統治すべき国である。

と、神功皇后の懐妊《かいにん》を教え、その子に国を治めさせるよう告《つ》げる。

また、

――金銀をはじめ、光り輝く宝物がたくさんある西のほうの国（朝鮮・新羅）を、まことに求めようとするなら、私の御魂《みたま》を船の上に祭って、その上で海原《うなばら》を渡って行くがよい。その国を授けよう。

と、新羅遠征をすすめる。大臣《おおおみ》のタケシウチが、その神の名を問うと、「墨江大神《すみのえのおおかみ》（住吉大神）」と告げた。

このお告げにしたがい、神功皇后はみずから軍隊を率いて朝鮮半島に遠征して新羅を平定する。

このとき身ごもっていた神功皇后は、まだ平定の残務整理を終えないうちに産気づいてしまう。お腹を鎮《しず》めようと裳《も》（腰から下にまとう衣服）の腰にまじないの石を結《ゆ》わえつけ、出産を抑《おさ》えながら筑紫国《つくしのくに》（九州）へ凱旋《がいせん》する。

こうして生まれてきたのがオオトモワケノ命《みこと》（のちの応神《おうじん》天皇）である。別名ホムダワケノ命《みこと》という。ちなみに『日本書紀』では誉田別尊《ほんだわけのみこと》と書かれている。

神功皇后は、オオトモワケを偉大な天皇にすべく成人するまで摂政《せっしょう》をつとめ、百歳で没したと、『古事記』は記している。

＊

摂政《せっしょう》は、天皇が幼少であったり、または女帝であったりした場合、代わって政治を行なうことです。ちなみに聖徳太子は我が国最初の女帝である第三十三代推古《すいこ》天皇（554～628）の摂政として冠位十二階・十七条憲法を制定したり、小野妹子《おののいもこ》を随《ずい》に派遣、国交を開いたりしています。

＊

さて、巫女的な女神《めがみ》を思わせるいっぽう、女だてらに海外遠征の指揮をとるという支配者の顔を持つ神功皇后《じんぐう》だが、彼女を祭る主な神社には大阪市住吉区の「住吉大社《すみよしたいしゃ》」や、福岡県福岡市の「香椎宮《かしいぐう》」、京都府八幡市の「石清水八幡宮《いわしみずはちまんぐう》」などがある。

神功皇后を祭る神社

「住吉大社《すみよしたいしゃ》」

大阪市住吉区にある住吉大社は、全国に約二千三百社あるという住吉神社の総本社である。また、下関の住吉神社、博多の住吉神社とともに「日本三大住吉」の一社である。

当社は、毎年の初詣の参拝者の多さで全国的に有名だ。別名「住吉大神宮《すみよしのおおがみのみや》」といい、当社で授与される「神札《しんさつ》」には「住吉大神宮」と書かれている。

大和政権の外交・航海に関連した神社で、遣隋使《けんずいし》・遣唐使《けんとうし》の守護神としての役割を果たしていたという。地元では「すみよしさん」、あるいは「すみよっさん」と呼ばれ、海の神（海神）として信仰を集め、親しまれている。

本殿は住吉造りで、四棟（四つの本宮）が並び、いずれも国宝に指定されている。主祭神《しゆさいじん》は、第一本宮に底筒男命《そこつつのおのみこと》、第二本宮に中筒男命《なかつつのおのみこと》、第三本宮に表筒男命《うわつつのおのみこと》、第四本宮に神功皇后（＝息長足姫命《おきながたらしひめのみこと》）と、表記されている。

『古事記』では、底筒之男命・中筒之男命・上筒之男命と書かれ、総称して墨江三前大神《すみのえのみまえのおおかみ》としている。墨江とは、住之江であり住吉のことだ。住吉の「吉」は、古くは「エ」と読み、「住吉」は「スミノエ」と読んだが、平安時代頃から「スミヨシ」と読むようになったという。

ソコツツノオノ命《みこと》・ナカツツノオノ命《みこと》・ウワツツノオノ命《みこと》は、合わせて「住吉神《すみのえのかみ》」

あるいは「住吉三神《すみよしさんじん》」と呼ばれている。

スミノエノ神は、どういう神なのかというと——。

すでに述べたように、イザナキは火の神の出産が原因で亡くなった妻のイザナミを恋しがり、彼女を追い求めて黄泉の国《よみのくに》（死者の世界）へ行く。だが、妻を連れ戻ってくるという望みを達成できず、逆にケガレを受けてしまう。そのケガレを祓《はら》い清めるために海に入って体をそそぐ。そのとき誕生するのがスミノエノ神なのである。このあとイザナキは左目を洗ってアマテラスを、右目を洗ってツクヨミを、そして鼻を洗ってスサノオを生み出している。

ところで当社の起源だが——。

社伝によれば神功皇后《じんぐう》が神託《しんたく》に従って朝鮮半島へ遠征、新羅《しらぎ》を平定し、無事に帰還を果たして凱旋《がいせん》する途中、神託がある。それで、その土地の豪族が住吉三神《すみよしさんじん》を祭ったのが始まりだという。のちに神功皇后もここに祭られることになったという。

『延喜式《えんぎしき》』の「神名帳《じんみようちよう》」（神社の登録台帳）には「住吉坐神社　四座」と記載されているという。この頃、すでに神功皇后も祭られていたということだ。

現在は、住吉三神と神功皇后を合わせて「住吉大神《すみよしのおおかみ》」とされている。

⛩「香《か》椎宮《しいぐう》」

福岡県福岡市東区にある香椎宮は、古くから朝廷の崇敬が篤《あつ》く、宇佐神宮《うさじんぐう》と並んで九州随一の待遇であったと言われる。

「香」の一文字を冠した神社は日本全国に多数あるが、ここ香椎宮から勧請《かんじょう》した例、すなわち分霊《ぶんれい》を他の場所に移し祭った例が多いという。

「香椎」の名は、敷地内に香ばしい香りの「棺懸《かんかけ》の椎《しい》」が立っていたことに由来するそうだ。「棺懸の椎」とは、仲哀《ちゅうあい》天皇が急逝したさい、その棺《ひつぎ》を立てかけた椎（ブナ科の常緑高木）のことで、その前で、神功皇后と側近たちが朝鮮半島遠征の成功を誓ったという。

主祭神《しゅさいじん》は、仲哀天皇と神功皇后である。また、子の応神《おうじん》天皇（オオトモワケノ命《みこと》。別名ホムダワケノ命《みこと》）と住吉大神（いわゆる住吉三神＝海の神・航海の神・和歌の神）が配祀《はいし》されている。

聖母《しょうも》大明神とも呼ばれていたという神功皇后は、安産の神として崇敬されている。

社伝によると、仲哀《ちゆうあい》天皇は熊襲征伐の途中で急逝したため、神功《じんぐう》皇后がその地に祠《ほこら》を建てて天皇の神霊を祭ったのが始まりで、神功皇后自身の神託《しんたく》もあったので、その後、朝廷が同皇后の宮を造営し、あわせて香椎廟《かしいびよう》と称したという。

当宮は廟《びよう》（霊をまつる祠）であり、一般の神社とは趣を異にしていた。それで『延喜式』の「神名帳《じんみようちよう》」（神社の登録台帳）には記載されていないが、十世紀後半ごろから神社として取り扱われるようになったそうだ。

『万葉集』には、大伴旅人《おおとものたびと》らが香椎廟を拝んだ後に詠《よ》んだ歌が収録されているので、それ以前から香椎廟は存在していたとみられている。

社殿は、香椎造りといわれ、神社建築としては日本で唯一無二の建築様式であり、現在の社殿は一八〇一（享和元）年に再建されたもので、国の重要文化財に指定されている。

境内には「綾杉《あやすぎ》」と呼ばれる神木がある。伝承によると、神功皇后が遠征先の朝鮮半島から帰国したさい、香椎宮に三種の宝を埋め、その上に鎧《よろい》の袖の杉枝を挿《さ》して、「永遠に本朝を鎮護すべし」と誓いを立てた。そのときの杉枝が現在の大木となったとされる。普通の杉と葉の形状が異なり、綾状になっていることから「綾杉」という名が付いたという。以後、大宰帥《だざいのそつ》（大宰府の長官＝九州における外交・防衛の責任者）に任じられた者は、香椎宮に参拝して、神職からこの杉の葉を冠に挿されるのを恒例としていたという。

十月二十九日の例大祭をはじめ祈年祭や新嘗祭《にいなめさい》、春秋の氏子大祭など、さまざまな祭事があるが、その前夜には神職が皆、参籠潔斎《さんろうけつさい》を行ない、翌日の奉仕に努《つと》めるという。

ちなみに京都市伏見区の御香宮神社《ごこうのみやじんじゃ》（ごこうぐうじんじゃとも）は、香椎宮の祭神《さいじん》である神功皇后の分霊を移して祭ったことが明らかになっている。

だが、社伝によると創建の由緒は不詳であるとしている。また、八六二（貞観四）年に社殿を修造した記録があり、この年に境内から良い香りの水が湧き出した。その水を飲むと病《やまい》が治ったので、時の第五十六代清和《せいわ》天皇（８５０～８８０）から「御香宮」の名を賜《たまわ》ったという。この湧き出た水は「御香水」として「名水百選」に選定されている。

「石清《いわし》水《みず》八幡宮《はちまんぐう》」

京都府八幡市にある石清水八幡宮は、三重県の伊勢神宮と京都市の賀茂神社（上賀茂・下鴨神社の併称）、あるいは奈良県の春日大社とともに日本三社の一つとされる。また、大分県の宇佐神宮、福岡県の筥崎宮《はこざきぐう》（あるいは鎌倉の鶴岡八幡宮）とともに、日本三大八幡宮の一つとされる。さらに当宮で行なわれる石清水祭は、葵祭・春日祭とともに日本三大勅祭《ちょくさい》の一つとされる。勅祭は、勅命（天皇命令）によって行なわれる祭事のことだ。

そもそもは平安時代の初めごろ、八幡宮の総本社である大分県の宇佐神宮から祭神の分霊《ぶんれい》を京都盆地の南西の男山（鳩が峰・標高一四三メートル）の山上に遷《うつ》して祭ったものという。

祭神《さいじん》は、本殿中央に応神《おうじん》天皇（誉田別尊《ほんだわけのみこと》＝大鞆和気命《おおともわけのみこと》。別名、品陀《ほんだ》和気命《わけのみこと》）、西に比咩《ひめ》大神《おおかみ》、東に息長帯比売命《おきながたらしひめのみこと》（息長帯姫命＝神功皇后）と表記されている。

比咩大神（または比売大神）というのは特定の神の名前ではなく、主祭神の妻や娘、あるいは関係の深い女神《めがみ》を指すのだが、石清水八幡宮や宇佐神宮では宗像三女神《むなかたさんじょじん》（多《た》紀理毘売《きりびめ》・市寸島姫《いちきしまひめ》・多岐都比売《たぎつひめ》）のことであるとしている。けれども実際のところ、その正体については卑弥呼《ひみこ》をはじめとして諸説があり、はっきりしていない。

いずれにしても、当社では祭神の応神天皇・比咩大神・神功皇后を総称して八幡三所大神（八幡大神）と称し、人々には「やわたのはちまんさん」の名で親しまれている。

厄除《やくよ》け・開運・必勝・商売繁盛・家内安全などの神様として信仰され、全国から参拝者が足を運んでくる。

＊

神功皇后を祭っている神社はほかにもあります。京都市伏見区の城南宮《じょうなんぐう》、神奈川県鎌倉市の鶴岡八幡宮などです。八幡神社の本社・摂社・末社などにも祭られています。

宗像三女神については、後出の4特別編（宗像三女神と「宗像大社」）を参照してください。

3 タケシウチという怪人物

神功《じんぐう》皇后が仲哀《ちゆうあい》天皇とのあいだにもうけた御子《みこ》、オオトモワケノ命《みこと》（のちの応神《おうじん》天皇。ヤマトタケルの孫）はすんなり即位できたわけではない。異母兄弟とのあいだでお決まりの皇位継承争いがおきる。すると皇后は一計を案じる。偽装した喪船《もふね》（棺《ひつぎ》を乗せる船）を仕立てて幼いオオトモワケを乗せ、すでに御子は亡くなったと言いふらさせる。そのため油断した敵の隙《すき》につけこんで、いっきに攻め入って倒したのである。

皇位継承争いに決着がつくと、大臣《おおおみ》のタケシウチは幼いオオトモワケを連れ、禊《みそぎ》の儀式を行なう場所を求めて淡海国《おうみのくに》（近江＝滋賀県）、および若狭国《わかさのくに》（福井県南西部）を巡歴する。なぜなら――。

当時、死や死者はケガレとされ忌《い》み嫌《きら》われている。それなのにオオトモワケは喪船に乗せられ、死人に見立てられた。死人に見立てられるのは縁起でもないことで、ケガレを祓《はら》う禊が必要で、それを行なう場所を求めてタケシウチはオオトモワケを連れて巡り歩いたのである。

タケシウチは越前国《えちぜんのくに》（福井県中・北部）の角鹿《つぬが》まで来ると、そこに仮宮をつくって住まい、禊の儀式を行なう。

するとある夜――。

当地の神、イザサワケノ大神《おおかみ》（伊奢沙和気大神）がタケシウチの夢枕に立ち、オオトモワケの名前と自分の名前を交換したいというお告げがある。タケシウチは承諾する。喜んだ大神は、名前を取り替えたしるしとして、鼻に傷ついたたくさんの入鹿魚《いるか》をオオトモワケに贈る。これを見たオオトモワケはその神を称えて、ミケツ大神（御食津大神）と名づける。ミケツ大神は、今はケヒノ大神（気比大神）と呼ばれていると、『古事記』は記している。

禊をおえたオオトモワケは大和へ帰り、母の神功皇后の祝福を受けてのち即位、のちに第十五代応神天皇と呼ばれるようになる。

*

角鹿《つぬが》まで禊《みそぎ》に行ったのは、その土地の祖神《おやがみ》（在地神）であるイザサワケノ大神《おおかみ》に詣《もう》で、名前替えの神事を行なうためと言われます。禊をしたあと、神の名を自分の名にしますが、前述したように、相手の名をもらうということはその力も得るということです。

また、その土地の祖神《おやがみ》から名を与えられたのは典型的な成人式儀礼とも言われます。イルカの鼻が傷ついていたのは、捕らえるとき、銛《もり》で鼻を突くからと考えられます。

角鹿《つぬが》（都奴賀）は、のちに敦賀《つるが》になります。

＊

さて五人の天皇につごう二百二十四年間にわたって仕え、三百六十余歳で没したという怪物的存在のタケシウチノ宿禰《すくね》だが、彼を主祭神《しゅさいじん》とする主な神社は鳥取県鳥取市の「宇倍神社《うべじんじゃ》」である。

タケシウチを祭る神社

「宇倍神社《うべじんじゃ》」

鳥取県鳥取市国府町にある宇倍神社は、第三十六代孝徳《こうとく》天皇（597〜654）の時代の六四八（大化四）年に創建されたという。鳥取駅から東南に三キロメートルほどのところ、百人一首にも歌われた稲葉山の西南麓にある。

祭神《さいじん》は、武内宿禰命《たけしうちのすくねのみこと》と表記されている。

『古事記』によると、タケシウチは第八代孝元《こうげん》天皇の孫となる。子の七人の男子は大和朝廷を支えた葛城《かつらぎ》氏・平群《へぐり》氏・蘇我《そが》氏・巨勢《こせ》氏・紀《き》氏・波多《はた》氏・江沼《えぬま》氏の祖である。我が国で最初に総理大臣の祖ともいえる「大臣《おおおみ》」の称を賜《たまわ》ったタケシウチは、功臣《こうしん》とされている。五人の天皇に仕え、また幼いオオトモワケ（のちの応神《おうじん》天皇）の面倒を見ているし、皇位継承をめぐる争いのあとには禊《みそぎ》に連れ出し、成人式儀礼もさせているからだろう。

タケシウチは社殿背後の宇部山中の亀金岡に双履《そうり》（履《は》きもの）を残して齢《よわい》三百六十余歳で没したという。社殿の裏に残る二つの「双履石《そうりせき》」は古墳の一部であり、のちにタケシウチに関する伝説がつくられて霊石とされたと考えられる。

現在の社殿は一八九八（明治三十一）年に完成したもので、翌年、全国の神社で最初にタケシウチの像と共に五円紙幣に載せられた。以後、大正・昭和と数回、当社は五円・一円紙幣の図柄となっている。したがってお金には縁があり、商売繁昌の神として全国からの参詣者が絶えない。

＊

タケシウチを祭る神社はほかにも福井県敦賀市曙町の気比《けひ》神宮《じんぐう》や、福岡県宗像市の織幡《おりはた》神社《じんじゃ》、福井県越前市の鵜甘《うかん》神社《じんじゃ》、埼玉県日高市の高麗《こま》神社《じんじゃ》、鹿児島県薩摩川内市の新田《にった》神社《じんじゃ》、愛媛県西条市の徳威《とくい》神社《じんじゃ》などがあります。また、各地の八幡宮《はちまんぐう》にも祭られていることが多いようです。

4 特別編　それでも気になる神々と神社

1 トヨウケノ大神《おおかみ》（別名トヨウケビメ）と「元伊勢」

三重県伊勢市にある伊勢神宮は、すでに述べたように内宮《ないくう》（皇大神宮《こうたいじんぐう》）と外宮《げくう》（豊受大神宮《とようけだいじんぐう》）からなる。

『古事記』『日本書紀』などによると、内宮は第十一代垂仁《すいにん》天皇のとき、外宮は第二十一代雄略《ゆうりゃく》天皇のときに創建されたという。天武《てんむ》天皇の時代に式年遷宮《しきねんせんぐう》が決まり、奈良朝以来これが守られ、二十年ごとに立て替えられている。

すでに述べたように、内宮はアマテラス大御神《おおみかみ》（天照大御神）を祭っている。外宮が祭っているのが、トヨウケノ大神《おおかみ》（豊受大神。止由気神＝トユケノ神とも）、別名トヨウケビメノ神（豊宇気毘売神）という土着の神である。神名の「ウケ」は食物のことで、トヨウケビメは食物（五穀）をつかさどる女神《めがみ》だ。じつは彼女、イザナミノ命《みこと》（伊邪那美命）の尿から生まれたワクムスビノ神（和久産巣日神＝生産をつかさどる神）の子であり、イザナキノ命《みこと》（伊邪那岐命）の孫にあたる。

一章でふれたように、火の神・カグツチノ神（迦具土神）を生んで女陰に大火傷を負い病床に臥《ふ》したイザナミは、七転八倒の苦しみに耐えながら嘔吐物や糞・尿からも地上に必要な神々を次々と生み出すが、ワクムスビはそのときに誕生した神の一人である。

そのワクムスビの子であり、イザナキの孫であるトヨウケビメを迎えて外宮《げくう》が創建された経緯を、平安時代の初めに外宮から朝廷に提出された『止由気宮儀式帳《とゆけのみや》』からうかがい知ることができるという。それによると――。

雄略《ゆうりやく》天皇のとき、天皇の夢枕にアマテラス大御神《おおみかみ》が立ち現われ、こう告げる。「ここに自分一人だけで鎮座《ちんざ》しているのはとても辛い。辛いだけでなく、食事も安らかに摂《と》ることができない。それゆえ丹波国《たんばのくに》（京都府中部と兵庫県中東部）の比治《ひじ》の真奈井《まない》にいる我が御饌都神《みけつかみ》である等由気大神《とゆけおおかみ》を連れて来てほしい」

雄略天皇はただちに丹波国から等由気大神（豊受大神＝トヨウケビメ）を伊勢に遷《うつ》

世界遺産にもなった
熊野本宮大社（和歌山県）

八咫烏〈やたがらす〉像
（和歌山県／熊野那智大社）

日本三大火祭りのひとつ
「那智の火祭り」
（和歌山県／熊野那智大社）

し、度会《わたらい》（三重県伊勢市を中心とした地域）の山田原に宮（外宮）を定めて祭った。さらに御饌殿《みけどの》をつくり、アマテラスの朝・夕の食事を毎日、供えたという。

　ここでいう「比治の真奈井」が、丹後の比治の真名井《まない》という井《い》（泉や地下水をためた水汲み場）だと、『丹後国風土記《たんごのくにふどき》』逸文《いつぶん》にあるという（逸文というのは、散逸して完全な形では伝わっていない文章のこと）。

　丹後《たんご》（京都府北部）は、「元伊勢」の地である。元伊勢とは、もともと皇居内に祭られていたアマテラスが伊勢の神宮に鎮《しず》まるまで各地を回っている途中、一時的に祭られた地のことだ。

　この丹後には、トヨウケノ大神にまつわる言い伝えの地が点在している。たとえば、鬼伝説で知られる大江山の南東部、京都府福知山市大江町には「元伊勢外宮豊受大神社」と「元伊勢内宮皇大神社」とが鎮座している。

　豊受大神が祭られる本殿は、伊勢の神宮と同じ神明造《しんめいづく》りである。

　また、百人一首に収められている歌に詠《よ》まれている天橋立《あまのはしだて》（京都府北部、宮津湾にある砂州）の北端に、「元伊勢籠神社《このじんじゃ》」が鎮座している。主祭神《しゆさいじん》は彦火明命《ひこほあかりのみこと》だが、相殿《あいどの》に豊受大神《とようけのおおかみ》が祭られている。また、奥宮《おくみや》である真名井神社《まないじんじゃ》には神代《かみよ》から在地の神として豊受大神《とようけのおおかみ》が祭られている。ここはかつて真名井原《まないはら》と呼ばれ、霊水が湧くところであったという。

＊

御饌殿《みけどの》は、神饌《みけ》（神に供える飲食物の総称）を調理する建物のことです。

彦火明命《ひこほあかりのみこと》は、別名を天火明命《あめのほあかりのみこと》（『古事記』）といい、日本神話に登場する神のひとつとされますが、出自は判然としません。

＊

さて、丹波国からトヨウケノ大神《おおかみ》（豊受大神＝トヨウケビメ）を伊勢に遷《うつ》した同じ雄略《ゆうりやく》天皇の時代のことだが――。

天皇が葛城山《かつらぎやま》（大阪府と奈良県の境にある山）に登ったときに邂逅《かいこう》する変わった神、ヒトコトヌシノ大神《おおかみ》（一言主大神）を祭神《さいじん》とする神社がある。奈良県御所《ごせ》市の「葛城《かつらぎ》一言主神社《ひとことぬしじんじゃ》」である。

② 一言主神《ひとことぬしのかみ》と「葛城一言主神社《かつらぎひとことぬしじんじゃ》」

奈良県御所《ごせ》市森脇にある葛城一言主神社は、全国各地のヒトコトヌシノ大神を祭神《さいじん》とする神社の本社である。大和葛城山の東南麓に東向きに鎮座《ちんざ》している。『延喜式《えんぎしき》』の「神名帳《じんみようちよう》」（神社の登録台帳）に「葛木坐一言主神社」と記載されているという。

境内には、樹齢約千二百年という御神木《ごしんぼく》の大イチョウがそびえている。

祭神は、『古事記』や『日本書紀』、『今昔物語』にも登場する一言主《ひとことぬしの》大神《おおかみ》と表記されている。また、大泊瀬幼武尊《おおはつせわかたけるのみこと》を合祀《ごうし》している。『古事記』のオオハツセワカタケルノ命《みこと》（大長谷若建命）と同一神で、のちの第二十一代雄略天皇のことだ。

そのオオハツセワカタケルを合祀するのは、『古事記』に記されているように、こんな事情があるからだ。

葛城山で雄略天皇が狩《かり》をしていると、天皇と同じ衣服の神が現われ、天皇が「お前は何者だ」と問いかけると、同じように「お前は何者だ」と聞いてくる。何を言っても何をしても、向こうもこちらと同じことを言い、同じことをする。そして「私は善《よ》事《ごと》も悪事《まがごと》も一言で言い放つ神である」と告《つ》げられて、天皇はおそれかしこまる——。

一言主神《ひとことぬしのかみ》は、託宣《たくせん》の神《かみ》ということから、願い事を一言だけ叶えてくれると信仰を集め、「いちごんさん」と呼ばれ親しまれている。

ところで、アマテラスとスサノオの姉弟が、異心《いしん》（謀反《むほん》の心）の有無を「誓約《うけい》」で明らかにしようと神生《かみう》みを競ったさいに生まれた三人の女神《めがみ》がいる。その女神たちを祭神《さいじん》とするのが、福岡県宗像市の「宗像大社《むなかたたいしゃ》」である。

③ 宗像三女神《むなかたさんじょじん》と「宗像大社《むなかたたいしゃ》」

福岡県宗像市にある宗像大社は、次の三宮《さんぐう》の総称である。①九州本土から六十キロ離れた玄界灘の孤島、沖ノ島の沖津宮《おきつぐう》、②筑前大島の中津宮《なかつぐう》、③宗像市田島の辺津宮《へつぐう》。

当大社は、日本各地にある宗像神社・厳島神社《いつくしまじんじゃ》の本社である。

祭神は、沖津宮は田心姫神《たごりひめのかみ》、中津宮は湍津姫神《たぎつひめのかみ》、辺津宮は市杵島姫神《いちきしまひめのかみ》と表記されている。総称して宗像三女神《むなかたさんじょじん》（宗像三神とも）という。

『古事記』は、沖津宮は多紀理毘《たきりび》売命《めのみこと》（別名・奥津《おきつ》島比《しまひ》売命《めのみこと》）、中津宮は市寸《いちき》島比《しまひ》売《めの》命《みこと》（別名・狭《さ》依毘《よりび》売命《めのみこと》）、辺津宮は多岐都比《たぎつひ》売命《めのみこと》と表記している。けれども『日本書紀』は、沖津宮は田心姫《たごりひめ》、中津宮は湍津《たぎつ》姫《ひめ》、辺津宮は市杵《いちき》嶋姫《しまひめ》と書いている。ちなみにタギツヒメはオオクニヌシの妻とされるが、その「タギツ」は、「滾《たぎ》つ」、水が速く激しく流れるという意味で、高天原《たかまのはら》にあったという「安《やす》の河《かわ》」の早瀬のことと解釈されるという。

さて、宗像三女神だが、アマテラス・スサノオ姉弟が「誓約」をして神生みを競ったさい、最初にアマテラスがスサノオの剣をもらい受け、それを三つに折って口の中に入れて嚙みに嚙んでふっと息を吹き出し、その息が霧になり、その霧から生まれた三人の女神で、スサノオの御子《みこ》とされている。

その三人の女神たちは、社伝によると、アマテラスの言いつけでニニギ（アマテラスの孫）を助けるため筑紫の宗像に降りて、この地を治めるようになったという。

宗像は、『古事記』では胸形という字が当てられ、また胸肩、宗形とも表記されるが、元は水潟であったとする説もある。

九州と朝鮮半島の間にある玄界灘は荒海で知られ、航海する船にとって最大の難関である。神功皇后《じんぐう》は朝鮮半島へ遠征するさい、航海の安全を宗像で祈ったところ霊験があったという。その逸話から古来、宗像三女神《むなかたさんじよじん》は航海安全の海の神として信仰を集めている。

現在では海上に限らず、陸上・交通安全の神としても信仰されている。そのため福岡県内では当社のステッカーを貼った自動車が多数見受けられるほか、新車の購入のさいにはお祓いを受ける人が多いという。また、車に装着する交通安全のお守りは当社が発祥と言われる。

毎年十月一日から三日まで、辺津宮《へつぐう》本殿で秋季大祭が行なわれ、翁舞《おきなまい》・風俗舞・流鏑馬《やぶさめ》・奉納相撲などが披露される。その起源は平安時代にまで遡るという。「放生会《ほうじようえ》」と呼ぶこともあるそうだ。

秋季大祭に先立って中津宮《なかつぐう》・沖津宮《おきつぐう》で、神迎えの神事「みあれ（御阿礼）祭り」が行なわれる。これは本来、「阿礼《あれ》」と称する榊《さかき》の枝に神移しを行なう神事のことで、上賀茂神社（京都市北区）の葵《あおい》祭りの前儀式として行なわれるものだが、ここでは海上安全や大漁などを願って行なう祭りとされ、色とりどりの旗や幟《のぼり》を立てた漁船およそ数百隻による大規模な海上神幸《しんこう》行事（神幸式）として知られている。多くの場合、神霊が宿った神体や依《よ》り代《しろ》などを神輿《みこし》に移し、その神輿を担《かつ》いで氏子の住む地域内への御幸《ごこう》（外出）、御旅所《おたびしょ》（仮宮）や本宮への渡御《とぎょ》（お出まし）が行なわれる。

七夕祭は毎年、旧暦七月七日夕刻時に、筑前大島の中津宮末社で行なわれる。牽牛《けんぎゅう》社《しゃ》・織女社《しょくじょしゃ》というのがあり、その社前に短冊を付けた竹笹を立てて技芸の上達を祈るという。また、水に映る姿を見て男女の因縁を占う神事などが行なわれる。

なお、沖津宮のある沖ノ島は、島全体が神体である。そのため現在でも女人禁制であり、男性であっても上陸前には禊《みそぎ》を行なわなければならない。この島では一九五四（昭和二十九）年以来、十数年にわたって発掘調査が行なわれ、四、五世紀から九世紀までの石舞台や古代装飾品などの大量の祭祀遺物が発見され、その多くが国宝に指定されている。その内容や遺跡の規模の大きさなどから、この島は俗に「海の正倉院」と呼ばれている。発掘された多くの祭祀遺物は辺津宮にある神宝館《しんぽう》に所蔵、展示されている。

＊

宗像三女神を祭る神社はこのほかにも神奈川県藤沢市の江島神社《えのしまじんじゃ》があります。また、滋賀県長浜市の竹生島《ちくぶじま》にある都久夫須麻《つくぶすま》神社は宗像三女神《むなかたさんじょじん》のうちの一人、イチキシマヒメノ命《みこと》（市杵島比売命）を祭神《さいじん》としています。
依《よ》り代《しろ》は、神霊が現われるときに宿ると考えられているものです。

＊

ところで、アマテラス・スサノオ姉弟が「誓約《うけい》」をしたさい、五人の男神《おがみ》も生まれている。アマテラスの勾玉《まがたま》や鬘《かずら》に巻かれている玉飾りなどをスサノオがもらい受け、口に含んで噛みに噛んでふっと吹き出した息から生まれた五人の男神はアマテラスの御子《みこ》とされた。そのときの長男・アメノオシホミミと、その御子であるニニギをアマテラスとともに祭神としているのが、鹿児島県薩摩川内市の「新田《にった》（にいたとも）神《じん》社《じゃ》」である。

④ アマテラス親子三代と「新田《にった》神社《じんじゃ》」

鹿児島県薩摩川内市にある新田神社は、市街からほど近い、神亀山《しんきさん》の山頂にある。社伝によると、境内の裏手にある可愛山陵《えのやまのみささぎ》は、当社の主祭神（瓊瓊杵尊《ににぎのみこと》）の陵墓《りょうぼ》とされ、それを祭ったのが創始という。

祭神は、瓊瓊杵尊《ににぎのみこと》のほか天照大神《あまてらすおおみかみ》・天忍穂耳尊《あめのおしほみみのみこと》と表記されている。瓊瓊杵尊と天照大神は『日本書紀』、天忍穂耳尊は『先代旧事本紀』に書かれている名称である。

いずれも『古事記』に記されているアマテラス大御神《おおみかみ》（天照大御神）、ニニギノ命《みこと》（邇邇芸命）、アメノオシホミミノ命《みこと》（天忍穂耳命）と同一神である。アメノオシホミミはアマテラスの長男で、ニニギはその御子《みこ》でアマテラスの孫にあたる。つまり親子三代が祭られている。

だが、『延喜《えんぎ》式《しき》』の「神名帳《じんみょうちょう》」に名前が見えないことから、当社の地位は最初かなり低かったと考えられている。

当社のことを書いた最も古い史料は一一六五（永万元）年のもので、これには「貞《じょう》観《がん》（859～877）のころに再興」とあるそうだ。また、「藤原純友《ふじわらのすみとも》の乱《らん》のときに国家鎮護を祈願し、五カ所建てた八幡宮の一つ」とする史料もあるそうだ。

「藤原純友の乱」というのは、九三九（天慶二）年関東で平将門《たいらのまさかど》が起こした反乱（平将門の乱）に呼応するかのようにほとんど同時に伊予《いよ》（愛媛県）の国司（地方官）である藤原純友が瀬戸内海の海賊を率いて起こした反乱のこと。

じつは当社の祭神《さいじん》は、江戸時代までは応神《おうじん》天皇・神功《じんぐう》皇后・武内宿禰《たけしうちのすくね》の八幡三神であったという。八幡神《はちまんじん》というのは最も早い神仏習合神のことだ。本来は豊前国《ぶぜんのくに》（福岡県東部と大分県北部）の宇佐地方で信仰されていた農業神とされるが、七八一（天応元）年、仏教保護・護国の神として「大菩薩」の号を贈られて以後、八幡神を応神天皇とその母（神功皇后）とする信仰が生まれたという。したがって現在の祭神は明治に入ってからのものなのである。

例祭は九月十五日。また、一月七日は矢で的を射て神意を占い、五穀豊穣を祈願する「武射祭《むしゃさい》」、六月十日ごろには氏子《うじこ》代表の早男《そうとく》（田の神のこと）と早乙女が田植えをし、その周囲を取り囲んだ「奴《やっこ》」が田植え歌に合わせて竹竿《たけざお》を振りながら「奴踊り」を踊る「お田植祭《たうえさい》」、七月二十八日には当社に古くから伝わる鏡を子どもたちが磨いて無病息災と健やかな成長を祈願する「御神鏡清祭《みかがみすましさい》」などが行なわれる。

5 熊野十二所権現と「熊野三山」

すでに承知のように神武《じんむ》天皇（カムヤマトイワレビコノ命《みこと》）は東征《とうせい》の途中、熊野（紀伊半島南部）から大和《やまと》（奈良県）への道で、熊野の荒《あら》ぶる神《かみ》の化身である大熊の毒気にあたり意識を失ってしまう。そこへ国《くに》つ神《かみ》・タカクラジが剣《つるぎ》を持って現われ、神武天皇一行を助ける。このとき、一行の道案内をするという三本足の八咫烏《やたがらす》が天上界から舞い降りてくる。

この八咫烏を、熊野地方では古くから太陽の化身、または熊野の神の御先《みさき》（御前＝神が使者として遣わす動物＝神使《しんし》）として信仰してきた。それゆえ、熊野三山の幟《のぼり》にはどれも三本足の八咫烏が描かれていると言われる。

熊野三山は、熊野三社ともいうように「熊野本宮大社」・「熊野那智《なち》大社」・「熊野速《はや》玉《たま》大社」の総称である。

この三社の祭神《さいじん》はいずれも「熊野十二所権現《くまのじゆうにしよごんげん》」と呼ばれる十二柱の神々であるが、主祭神はそれぞれ異なり、「家津美御子《けつみみこ》」、「牟須美《ふすみ》（ふすび・むすびとも）」、「速玉《はやたま》」とされている。この三神だけを指して熊野三所権現《くまのさんしよごんげん》といい、この熊野三所権現以外の祭神も含めて熊野十二所権現という。

つまり、熊野権現（熊野神《くまののかみ》・熊野大神《くまののおおかみ》とも）はつごう十二神ということになる。

「権現」と呼ばれるようになったのは、末法思想《まつぽうしそう》が流行する平安中期ごろから主張されだした本地垂迹思想《ほんじすいじやくしそう》——仏が、神という権《かり》（＝仮）の姿で現われたという考え方—

―がもとになっている。それによると、熊野本宮大社の主祭神のケツミミコは阿弥陀如来、熊野速玉大社のハヤタマは薬師如来、熊野那智大社のフスミ（フスビ・ムスビ）は千手観音という具合である。

熊野権現の分霊《ぶんれい》を祭る熊野神社は日本各地にあり、その数はおよそ三千社と言われる。

＊

末法思想というのは、お釈迦様の入滅後、五百年間は正しい仏法（仏の教え）が行なわれる時代が続くが、次いで悟りを開く者のない時代が一千年あり、さらに教えだけが残る末法の時代一万年を経て、教えも消滅した法滅の時代に至る、とする考えです。日本では一〇五二年が末法元年とする説が信じられました。平安末期から鎌倉時代にかけて広く浸透し、厭世観や危機感をかきたてました。なぜなら、仏の教えは因果応報や禁戒のように世俗社会の道徳的な役目を果たしていたからです。

＊

さて、熊野三山のうち、ケツミミコを主祭神とし、毎年一月七日に「八咫烏《やたがらす》神事《しんじ》」という特殊神事を行なう「熊野本宮大社」から見ていこう。

「熊野《くまの》本宮大社《ほんぐうたいしゃ》」

和歌山県田辺市にある熊野本宮大社は、熊野三山の中心で、全国にある熊野神社の本社である。かつては「熊野坐神社《くまのにますじんじゃ》」と称していたという。

主祭神は、家都美御子大神《けつみみこのおおかみ》（＝素盞鳴大神《すさのおのおおかみ》）と表記されている。

ケツミミコノ大神は、ケツミミコノ大神（家都御子大神）とも言い、昔は熊野坐神《くまのにますかみ》（熊野にいらっしゃる神）と呼ばれていたそうだ。

クマノニマス神は、スサノオとされているが、その素性は不明である。太陽の使いとされる八咫烏《やたがらす》を神使《しんし》（神の使い）とすることから太陽神であるという説や、かつては熊野川の中洲に鎮座《ちんざ》していたことから水神《すいじん》とする説、または木《き》の神《かみ》とする説などがある。

『熊野《くまの》権現垂迹縁起《ごんげんすいじやくえんぎ》』によると、熊野坐大神《くまのにますおおかみ》（＝ケツミミコノ大神）は、唐《とう》（中国）の天台山から飛来したとされ、造船術を伝えたということで船玉大明神《ふなたまだいみようじん》とも称され、古くから船頭・船乗りたちの崇敬を受けている。

ケツミミコノ大神について、ほかにも五十猛神《いそたけるのかみ》（スサノオの息子）やイザナミとする説があるが、やはり素性は不詳とされる。

さて「八《や》咫烏《たがらす》神事《しんじ》」だが、別名「宝印神事」という。これは、八咫烏の絵文字が記された同社の護《ご》符《ふ》「牛《ご》王《おう》神符《しんぷ》（お烏様）」を、神職が松明《たいまつ》の火と水で清めたあと、正月三が日のあいだ神門に立てていた門松の黒松で作った宝印を、「えーいッ」という力強い掛け声とともに拝殿の柱に押して、祭神《さいじん》の魂を宝印に吹き込むというもの。午後五時から行なわれるこの特殊神事は、宝印の押し初め式といえる。終了後、無地の護符（白玉牛王）が参拝者に授与され、その護符に祭神スサノオの魂が吹き込まれた宝印が押されると、これが厄除《やくよ》けになるという。

「なんだか、とてもありがたくなる」というこの神事は、四月の例大祭と元旦の開寅《あけとら》祭《さい》とともに重要な神事とされ、県民俗文化財に指定されている。ちなみに開寅祭は、宮司が年に一度本殿の各扉を開いて、天下泰平・国家繁栄を祈念する祭典のことである。

「熊野」という地名は「隈の処」という語源から発していると言われる。だとすれば、熊野は奥深い処、神秘の漂う処ということになる。また「クマ」は「カミ」と同じ語で、「神の野」に通じる地名と言われる。それゆえ古来、熊野に詣でて、そこに漂う霊妙な気にひたって神々の恵みを得ようとしたようだ。

たとえば平安時代、宇多《うだ》法皇（８６７〜９３１）に始まる歴代法皇・上皇・女院の「熊野詣で」が百回以上に及んだことで、公・武を問わず老若男女大勢の人々が競って参詣し、「蟻の熊野詣で」と呼ばれる現象まで引き起こしたことは有名である。

境内の梛《なぎ》の木（葉）は、昔から神の木として熊野詣での記念品となっている。

当時は京都から大坂に出て海岸沿いを通り、田辺より山中の道に入って本宮に至るのがメインルートで、「中辺路《なかへち》」と呼ばれた参詣道になっていた。ここを歩き、発心《ほっしん》門王子社《もんおうじしや》に至ると、そこからが熊野の聖域となり、伏拝王子社《ふしおがみおうじしや》に至れば、谷の下方に本宮の偉容を目の当たりにできる。その、あまりのありがたさに人々は伏し拝んだという逸話も残されているという。

＊

発心門王子社や伏拝王子社というのは、難行苦行の熊野詣での道をつなぐために設けられた神社で、○○王子社は全部で九十九あります。熊野の神の子どもとされた王子が道沿いにたくさん祭られ、俗に「熊野《くまの》九十九《くじゆうく》王子《おおじ》」と言われます。

「熊野那智大社《くまのなちたいしゃ》」

和歌山県東牟婁郡《ひがしむろぐん》那智勝浦町にある熊野那智大社は、かつては那智神社、熊野夫須美神社、熊野那智神社などとも名乗っていた。

社伝によると、熊野の人々は古代から那智の大滝を「神」として崇《あが》め、そこに国づくりの神である「大巳貴命《おおなむちのみこと》」（オオクニヌシノ命《みこと》）を祭り、また、祖神《おやがみ》の「夫須美《ふすみ》神《かみ》」（イザナキノ神）を祭っていた。その社殿を、大滝からほど近く、しかも見晴しのよい現在の場所に移したのが仁徳天皇五年（三一七年）という。

主祭神《しゅさいじん》は、熊野夫須美大神《くまのふすみのおおかみ》と表記されている。クマノフスミノ大神はイザナミの別名と言われる。このほかオオナムチノ命《みこと》（オオクニヌシノ命《みこと》）など、国づくりに縁の深い十二柱の神々（熊野十二所権現）が祭られている。

境内には八咫烏《やたがらす》が石に姿を変えたと言われる烏石や、樹齢八百五十年の大楠《おおくすのき》がある。

無病息災、長寿、所願成就などにご利益があるとされている。

社伝によると、神武《じんむ》天皇が東征《とうせい》の途次、熊野灘から那智の海岸に上陸したとき、那智の山に光が輝くのを見て、この大瀧（那智の大滝）をさぐり当て、神として祭り、その守護のもと、八咫烏《やたがらす》の導きによって大和《やまと》（奈良県）へ入ったという。

社殿は、熊野三山の中で最も権現造り《ごんげんづく》の風格を伝えていると言われる。周囲を包む山の緑とは対照的な朱塗りの社殿が、清らかで侵しがたい雰囲気をかもしだしている。現在は那智山の中腹にあるものの、元来は那智滝にあり、滝の神を祭ったものと考えられている。

拝殿の奥に本殿があり、その向かって右から第一殿から第五殿まで五つ並んでいる。正殿の第四殿が最も大きく、ここにクマノフスミノ大神が祭られている。

七月十四日に行なわれる例大祭は、通称「那智の火祭り」で知られるが、正式には「扇祭《おうぎまつり》」、または扇会式法会《おうぎえしきほうえ》といい、県の無形民俗文化財に指定されている。扇が起こす風は、彼方に向けて吹くときは災厄を除き、此方に向けて吹くときは福を招くとされる。この祭りで奉納される田楽舞（那智の田楽）は、国の重要無形民俗文化財に指定されている。

古来、那智における崇拝の対象は滝の本体の、水である。それは生命の源であり、また火は万物の活力の源。それゆえ、扇祭は神霊の再生復活と、それによる五穀豊穣を祈念する水と火の祭り、農業神事としての祭りと言われる。

ちなみに参道の長い石段の上に上がると、右に青岸渡寺《せいがんとじ》がある。明治の神仏分離令により熊野三山の他の二社の仏堂は廃されたが、当社では観音堂が残され、のちに青岸渡寺として復興した。この寺は、西国一番札所である。また、那智山から下った那智浜には補陀落渡海《ふだらくとかい》の拠点となった山寺がある。

＊

権現造《ごんげんづく》りとは、本殿と拝殿とを「石の間」、または「相の間」などの名で呼ばれる幣殿《へいでん》でつなぐもの。神社建築様式の一つで、平安時代の北野神社にはじまったと言われます。幣殿は、参詣人が幣帛《へいはく》（供物）をお供えするための建物のことです。

那智の滝は「一の滝」で、その上流の滝と合わせて那智四十八滝があって、熊野修験の修行地となっています。

補陀落渡海は、舟に乗って海を渡り補陀落を目指すことですが、実際には捨身往生《しゃしんおうじょう》（みずから投身・入水などして極楽浄土に往生を願うこと）や水葬として行なわれたようで、熊野から出発するのが代表的です。補陀落はインド南端の海岸にある、八角形で観音が住むという山のことです。

「熊野《くまの》速玉大社《はやたまたいしゃ》」

和歌山県新宮市にある熊野速玉大社は、熊野灘に注ぐ熊野川（新宮川）の河口にある。神社名は『日本書紀』に登場する「速玉之男神《はやたまのおのかみ》」の名からつけられたという。

主祭神《しゅさいじん》は、熊野速玉大神《くまのはやたまのおおかみ》と熊野夫須美大神《くまのふすみのおおかみ》と表記されている。

クマノハヤタマノ大神はイザナキノ神、クマノフスミノ大神はイザナミノ神とされているが、もともとは近隣の神倉山《かみくらやま》の磐座《いわくら》（自然の巨石）に祭られていた神で、水の勢いを神格化したものと考えられている。いつの頃からか現在地に祭られるようになったという。

ちなみに神倉山は、新宮市街地の西にそびえる権現山の主峰から南に下ったところにある高さ約百メートルの断崖絶壁を形成する山のこと。権現山は、仏が神という仮の姿で降臨するという山である。

神倉山には、熊野速玉大社の摂社《せっしゃ》（神倉神社）があり、その境内には数個の巨岩がある。その中の一つは、ヒキガエルに似た形から「ゴトビキ岩」と呼ばれている。この岩の間から銅鐸の破片や経塚が発見されているので、古代から信仰の場として神聖視されてきた山であることがわかるという。ちなみに経塚は、仏教経典を後世に残すため、また極楽往生・現世利益を願って土中に埋納した施設のこと。その上に五輪塔を建てたりする。

神倉山にあった本宮に対して現在の社殿を新宮とも呼ぶ。新宮は緑の中に丹塗りのあでやかな姿をたたずませている。神宝が多く、室町時代の神宝類（国宝）をはじめ約千二百点にのぼる文化財が神宝館に収蔵、展示されている。

毎年二月六日の夜に行なわれる「御燈祭《おとうさい》」は、白装束に身を包んだ二千人ほどの男子が、五百三十八段の石段をいっきに駆け下りる修験の「火祭り」として有名である。

＊

紀伊山地の熊野三山（熊野本宮大社・熊野那智大社・熊野速玉大社）と、高野山・吉野山・大峯山は、日本を代表する神仏習合《しんぶつしゅうごう》の山岳霊場《さんがくれいじょう》です。これらの霊場とそこに至る参詣道はともによく保全され、見事な「文化的景観」を形成していると言われます。

熊野三山に参詣する道を、熊野参詣道（熊野古道）と呼びます。

熊野古道は、ユネスコ世界遺産に登録されています。大阪方面から和歌山県を通る道は「紀伊路《きいじ》」。田辺からは山の中を通る「中辺路《なかへち》」と、海岸沿いの「大辺路《おおへち》」があります。

中辺路は、すでに述べたように平安時代に上皇や貴族が通った、いわば「公式ルート」です。高野山《こうやさん》から南下する道は「小辺路《こへち》」、三重県を通ってくる道は「伊勢路《いせじ》」と呼ばれています。

（了）

◎主な参考文献は次の通りです。

『古事記』次田真幸全訳注（講談社学術文庫／講談社）
『神話のおへそ』茂木貞純・加藤健司　神社本庁監修（扶桑社）
『日本の神々がわかる神社事典』外山晴彦監修（成美堂出版）
『お参りしたい神社百社』林　豊　田中恆清監修（ＪＴＢパブリッシング）
『「日本の神様」がよくわかる本』戸部民夫（ＰＨＰ文庫／ＰＨＰ研究所）
『日本の神々』松前　健（中公新書／中央公論新社）
『「出雲」という思想』原　武史（講談社学術文庫／講談社）
『神社と神々　知れば知るほど』井上順孝（実業之日本社）
『歴史読本　２０１４年２月号』（KADOKAWA）
『別冊宝島２０８２号　日本の神様のすべて』（宝島社）
『一個人　別冊「古事記」入門』（BEST MOOK SERIES14／ＫＫベストセラーズ）

構成　株式会社万有社

本書は、本文庫のために書き下ろされたものです。

読《よ》めば読《よ》むほど面白《おもしろ》い
『古事記《こじき》』75の神社《じんじゃ》と神様《かみさま》の物語《ものがたり》

著者　由良弥生（ゆら・やよい）
発行者　押鐘太陽
発行所　株式会社三笠書房
〒102-0072 東京都千代田区飯田橋3-3-1
電話　03-5226-5734（営業部）　03-5226-5731（編集部）
http://www.mikasashobo.co.jp
印刷　誠宏印刷
製本　ナショナル製本

 ISBN978-4-8379-6740-8　C0190

王様文庫